日本児童文学者協会70周年企画　児童文学 10の冒険

# 不思議に会いたい

編
＝
日本児童文学者協会

偕成社

児童文学10の冒険

# 不思議に会いたい

児童文学 10の冒険 不思議に会いたい

もくじ

## 凡例

・本シリーズは各巻に三〜五点の作品を収録した。
・選集、全集などの単行本以外を底本とした場合は、出典一覧にその旨を記した。
・一部の作品は著者が部分的に加筆修正した。
・漢字には振り仮名を付した。
・表記は原則として底本どおりとし、明らかな誤記は訂正した。また、本文中の一部に現在では不適当な表現もあるが、作品発表時の時代背景などを考慮し、底本どおりとした。

# リズム、テンポ、そしてメロディ

荻《おぎ》原《わら》規《のり》子《こ》

これはあたしのみた夢《ゆめ》である。リムスキー＝コルサコフの交響組曲《こうきょうくみきょく》「シェエラザード」をバックに場面《ばめん》が進行《しんこう》していく。なぜだとはきかないでほしい。夢《ゆめ》なんだから……

## 第《だい》一楽章《がくしょう》　〈海《うみ》とシンドバッドの船《ふね》〉

あたしたちは船出《ふなで》したのだった。真夏《まなつ》の太陽《たいよう》に照《て》らされて波《なみ》はまっ青《さお》に空《そら》のはてまで続《つづ》き、ぎらぎらしすぎて絵《え》の具《ぐ》の色《いろ》にみえる。陸《りく》はもうどこにも見《み》えない。あたしたち四人《にん》は、何年《なんねん》も帆船《はんせん》にのりくんでいるように甲板《かんぱん》にくつろいでいた。それもそのはずで、船《ふね》の上《うえ》は中学校《ちゅうがっこう》の吹奏楽部《すいそうがくぶ》の部屋《へや》なのだった（どうせあたしには帆船《はんせん》の中《なか》なんて想像《そうぞう》つかないですよ！）。あたしたちは九月《がつ》の定期演奏会《ていきえんそうかい》が終《お》わったらめでたく引退《いんたい》する三年生《ねんせい》で、こうしてはばをきかせて部屋《へや》にたむろしてられるのもあとわずかだった。その先《さき》には、冷《つめ》たい青銅《せいどう》の騎士《きし》のような高校受験《こうこうじゅけん》が、陰険《いんけん》に長槍《ながやり》をといで待《ま》ちかまえている。

「海《うみ》のまんなかにきちゃったぞ。こんな場所《ばしょ》でなにをさがせというんだ？　底《そこ》びき網《あみ》でもなげるのか？」

船《ふな》べりから海《うみ》をのぞきこんで宮城《みやぎ》がいった。彼《かれ》はわがブラスバンド部《ぶ》の部長《ぶちょう》である。サクソフォーンを吹《ふ》いている。教室《きょうしつ》にいるときにはたて笛《ぶえ》をピーピー吹《ふ》いている。常識《じょうしき》はずれなほどの吹奏楽人間《すいそうがくにんげん》だ。この日《ひ》も、ベルトに短剣《たんけん》のようにさしているのはなにかと思《おも》えばリコーダーだった。

「網《あみ》？　それいい、やってみろよ。人魚《にんぎょ》がかかるかもよ。なんたってアラビアンナイトだもんな」

辰巳《たつみ》が興奮《こうふん》した声《こえ》でいった。すけべなやつ。

「曲《きょく》が終《お》わる前《まえ》になにかをみつければいいんでしょう？　青銅《せいどう》の騎士《きし》がやってくる前《まえ》に。でも、なにをだったかわすれちゃった。ヒロならわかるよね？　頭《あたま》いいもん」

リコがいった。いやみにひびかせずにこういうことがいえるのが、リコという子《こ》である。ただ、彼女《かのじょ》はあたしたちの中《なか》で一人《ひとり》だけ本気《ほんき》で不安《ふあん》そうな様子《ようす》をしていた。それが少《すこ》し気《き》になった。リコはこのごろ沈《しず》んでいることが多《おお》いのだ。

「上田《うえだ》が知《し》ってる、上田《うえだ》が知《し》ってる、頭《あたま》いいもーん」

辰巳《たつみ》が節《ふし》をつけて歌《うた》った。うるさい、とあたしはおこった。なぜ辰巳秀之《たつみひでゆき》がこの場《ば》にいるんだ？　リコもあたしもそれぞれフルートとクラリネットのファースト、主力部員《しゅりょくぶいん》だが、辰巳《たつみ》は縁《えん》もゆかりもない野球部《やきゅうぶ》じゃないか。

「あたしだって、はっきりわかっているわけじゃないよ。だけど、たしかあたしたちは『四つめ』をみつけなければならないの」

もっとはっきり思《おも》い出《だ》そうと、あたしは額《ひたい》をたたいた。

「……三つまではわかっていて、『四つめ』が必要《ひつよう》なの。曲《きょく》が終《お》わる前《まえ》にみつけて、宇宙《うちゅう》の主《あるじ》シェエラザードにささげないと、青銅《せいどう》の騎士《きし》にやられちゃうのよ」

「なんのことだよ、三つだの四つだのって」

「宇宙《うちゅう》の絶対三要素《ぜったいさんようそ》のことだよ」

ふいに宮城《みやぎ》が口《くち》をはさんだ。彼《かれ》はなんでもないことのように、さらりといった。

「リズム、テンポ、そしてメロディだ」

そうよ、そうなのよ。さすがは部長《ぶちょう》。三―Aの笛《ふえ》ふき少年《しょうねん》。あたしは両手《りょうて》をくみあわせるほど感激《かんげき》した。彼《かれ》はいつもあたしの知《し》らないことを知《し》っている。偏差値《へんさち》のもんだいではなく。

「その三つのほかに、まだ必要《ひつよう》なものってなあに?」

リコがうたがわしげにいった。あたしたちは眉間《みけん》にしわをよせて考《かんが》えこんだ。強弱《きょうじゃく》か？　調《ちょう》か？　スラーやスタッカートか？　なんだか決《き》め手《て》にならない気《き》がする。おれはしがない野球部員《やきゅうぶいん》だ　おたくらにまかせた。

「まあがんばってみつけてくれよ。

もん」

お役《やく》にたたない辰巳《たつみ》くんは、さっさとぬけると、冒険《ぼうけん》してくるぞといってマストによじのぼりはじめた。小柄《こがら》で身軽《みがる》なものだから、あっというまに猿《さる》のように小《ちい》さくなる。あぶないなあといって見上《みあ》げていると、上空《じょうくう》に鳥《とり》が現《あらわ》れたことに気《き》がついた。その黒《くろ》い洋《よう》だこに似《に》た鳥《とり》の影《かげ》はみるみる大《おお》きくなり、あきれるほど大《おお》きくなり、ついに信《しん》じられないほど大《おお》きくなって、嵐《あらし》のごう音《おん》をまきおこしながら船《ふね》の帆《ほ》さきをかすめていった。そしてあたしたちが頭《あたま》をかかえて小《ちい》さくなっているあいだに、冒険家《ぼうけんか》の野球少年《やきゅうしょうねん》を足《あし》にひっかけて飛《と》んでいってしまった。

# 第二楽章《だいにがくしょう》 〈カランダール王子《おうじ》の物語《ものがたり》〉

目《め》がさめるとリコまでいなくなっていた。

辰巳《たつみ》くんとちがってひっそりと、かき消《け》すようにいなくなっていた。これは不安《ふあん》なことだ。あたしは、辰巳《たつみ》がいなくなったときに『これでリコもいなければ、宮城《みやぎ》くんと二人《ふたり》になれるな……』などと思《おも》わず考《かんが》えてしまったものだから、そのことがひどくうしろめたかった。知《し》らずに弁解《べんかい》めいた口調《くちょう》になって、あたしはいっていた。

「あたしたちは、この世界《せかい》ではいちおう魔神族《ジン》だから、その気《き》になれば好《す》きなところへ行《い》けるわけ。船《ふね》の上《うえ》にいなくちゃならないわけじゃないのよ」

「うん……」部長《ぶちょう》は無口《むくち》だった。

「宮城《みやぎ》くんもここにいないで、好《す》きなところへ行《い》っていいのよ?」

「べつにどこへも行《い》きたくないよ」

そういって彼《かれ》は足《あし》をなげだして座《すわ》ると、リコーダーを吹《ふ》きだした。その言葉《ことば》に意味《いみ》はないと思《おも》いながらも、あたしの胸《むね》はスタッカートにはねあがった。

あたしは、宮城克彦《みやぎかつひこ》のことならだれより知《し》っている。三年間《ねんかん》部活《ぶかつ》でみつめてきたし、クラスもいっしょだし、母親同士《ははおやどうし》がおしゃべり仲間《なかま》で家族《かぞく》の情報《じょうほう》まで入《はい》る。実際《じっさい》、もっと親《した》しくなれたはずなのだ。もし宮城《みやぎ》くんの上品《じょうひん》な母上《ははうえ》が、

「うちの子《こ》も上田《うえだ》さんのようなしっかりしたおじょうさんとなかよくできたらよろしいのに」などとのたまう一件《いっけん》がなかったなら、きっと。

笛《ふえ》の音《ね》をとぎらすと、唐突《とうとつ》に彼《かれ》は怒《おこ》ったようにいった。

「おれ、本当《ほんとう》のサックス吹《ふ》きになりたいんだ。一生楽器《いっしょうがっき》をやっていきたい。そういったら親《おや》はすごいけんまくさ。親子《おやこ》の縁《えん》きりものだって」

あたしは目《め》をまるくした。そりゃそうだろう、上品《じょうひん》な母上《ははうえ》の一門《いちもん》にとって、サックス吹《ふ》きなんて問題外《もんだいがい》の外《がい》だ。

「高校《こうこう》いかないっていってやって。今《いま》、家《いえ》の中毎日《なかまいにち》たいへんだよ。知《し》らなかったろう。うちの親《おや》、とりつくろうから」

「……知《し》らなかった」

おどろいた。宮城《みやぎ》くんって、ぼっちゃん顔《がお》のわりにたいした風雲児《ふううんじ》なんだ。がんこだっ

てことは知《し》っていたけれど。

「高校《こうこう》、いかないの？」

「かも、ね」

彼《かれ》の返事《へんじ》はあいまいだった。進学《しんがく》は彼《かれ》の親《おや》への最後《さいご》の切《き》り札《ふだ》であり、それをたてに、徹《てっ》底抗戦中《ていこうせんちゅう》なのだということは容易《ようい》に察《さっ》しがついた。

「すごいね」あたしはわくわくしてきた。彼《かれ》はやっぱりほかの人《ひと》とはちがう。彼《かれ》はやるだろう。ずっとあたしを感心《かんしん》させてきた。あんなふうに幸《しあわ》せそうに楽器《がっき》を吹《ふ》く人《ひと》には、必《かなら》ず道《みち》がひらけてくるにちがいない。

「いつも思《おも》っていたよ、宮城《みやぎ》くんが練習《れんしゅう》するのを見《み》て。ああいう人《ひと》がプロになるんじゃないかって」

「はげましてくれるじゃん？」

少《すこ》してれて、でも内《うち》がわからこぼれるように彼《かれ》は笑《わら》った。笑顔《えがお》になると、別人《べつじん》のようになる。笛《ふえ》をもって座《すわ》っているだけなのに、そのときはなんだか王子《おうじ》みたいにみえた。

突然《とつぜん》ぎぎぎといって船《ふね》がとまった。外《そと》のことをすっかり忘《わす》れているうちに、なんと港《みなと》についていたのだ（いったいだれが操縦《そうじゅう》していたんだ？）。黄色《きいろ》くほこりっぽい波止場《はとば》には、たいそうな数《かず》のターバン頭《あたま》の人々《ひとびと》がいた。そして、砂糖《さとう》に群《むら》がるアリのようにこの船《ふね》めがけて集《あつ》まってきた。あたしたち二人《ふたり》がちょっとびくびくもので出《で》ていくと、渡《わた》り板《いた》をおりきらないうちから何《なん》十本《ぼん》もの腕《うで》がのびてきて、先《さき》に立《た》っていた宮城《みやぎ》をつかんだ。彼《かれ》がびっくりしてわめいているのもかまわず、人々《ひとびと》は笑《わら》って彼《かれ》をみこしのようにかつぎあげると口々《くちぐち》にのべたてた。

「よくお帰《かえ》りになられた、王子《おうじ》どの」

「王子《おうじ》どの、母上《ははうえ》の后《きさき》のきみが首《くび》をながくしてお待《ま》ちですぞ。さあさあおはやく」

「長旅《ながたび》はおつかれでございましょう。さあさあ」

「さあさあ」

ターバン頭《あたま》の集団《しゅうだん》は、部長《ぶちょう》の宮城《みやぎ》くんを金《きん》と赤《あか》の馬具《ばぐ》でかざったまっ白《しろ》なアラブ馬《うま》にのせると（白馬《はくば》の王子《おうじ》である！）、たづなをひいてどんどん行《い》ってしまった。

ちょっと待《ま》ってよ！

## 第三楽章《だいさんがくしょう》 〈若《わか》い王子《おうじ》と王女《おうじょ》〉

「宮城《みやぎ》くん、行《い》っちゃだめよ。お后《きさき》につかまったら、絶対《ぜったい》にサックス吹《ふ》きになれなくなるわよ。だめ、行《い》っちゃだめ」

あたしは声《こえ》をからしてさけんだがむだだった。行列《ぎょうれつ》は行《い》ってしまった。ショックで自分《じぶん》が完《かん》ぺきに無視《むし》された理由《りゆう》にも気《き》づかずにいたが、ふと見《み》ると体《からだ》が透明《とうめい》だった。

魔神族《ジン》だから、好《す》きにできるんだよね。

あたしはためしに両足《りょうあし》で地面《じめん》をけってみた。あんのじょうピーターパンそっくりに飛《と》べる。便利《べんり》でいいなあ、この世界《せかい》って……。

ゆくてには砂漠《さばく》の段丘《だんきゅう》があり、そのてっぺんにいかにもそれらしい宮殿《きゅうでん》がそびえたっていた。五色《ごしき》のタイルをはりつめ、金《きん》ぱくをあしらった、かぼちゃみたいな屋根《やね》をもつ宮殿《きゅうでん》だ。あたしはトンボのように空《そら》を飛《と》んでいき、城門《じょうもん》をくぐる前《まえ》に王子《おうじ》の一行《いっこう》に追《お》いついた。そして空中《くうちゅう》から宮城《みやぎ》にだめだともう一度《いちど》いった。宮城《みやぎ》はうかない顔《かお》で答《こた》えた。

「行《い》かないわけにいかないんだよ。城《しろ》に杉本《すぎもと》がつかまっているらしい。お后《きさき》に魔法《まほう》でつれてこられたんだ」

「リコが?」あたしはどきりとした。

「杉本《すぎもと》にわるいことをしたな……」

リコはとらわれのお姫《ひめ》さまってわけか。ふうん。美人《びじん》は役《やく》どころからしてちがうな、とあたしは思《おも》った。かすかにいやな雲《くも》ゆきを感《かん》じる。

「お后《きさき》がつかまえたいのはリコではなくて宮城《みやぎ》くんでしょう。このまま行《い》ったら思《おも》うつぼよ」

「いや、あんがい杉本《すぎもと》のほうが危《あぶ》ないかもしれない」

つめをかみながら、馬《うま》にゆられる宮城《みやぎ》はいった。

「ねえ上田《うえだ》、きみってうちの母親《ははおや》にうけがいいからさ、話《はな》してみてくれないかな。うまくもっていけば、過激《かげき》なことにならずにすむかもしれない。おれはだめでもきみならできるよ」

きいているうちにあたしの胸《むね》はおもくふさがってきた。

「ねえ、どうしてリコはそんなに危《あぶ》ないの? おばさんとリコって、なにかあったの?」

彼《かれ》はひどくいいにくそうだった。髪《かみ》をいじったり、いろいろしてからやっといった。

「反対《はんたい》されてる」

ききかえすのはばかだ。なのにあたしは、わざわざ自分《じぶん》で傷《きず》に塩《しお》をぬりこむようにきいていた。

「なにを?」

「つきあって、ばれて、反対《はんたい》されてる」


！　！　！


突風《とっぷう》がおこり、軽《かる》くなっているあたしの体《からだ》はゆくえもしらずにふきとんだ。もしかしたら、ただ逃《に》げだしたかっただけかもしれない。気《き》がついたら、あたしがいるのは雲《くも》にそびえる宮殿《きゅうでん》の青《あお》と金《きん》のかぼちゃ屋根《やね》の上《うえ》だった。もうどうにでもなれという気分《きぶん》で、ひざをかかえてそこにうずくまった。いっそ消《き》えてなくなりたかった。

考《かんが》えてみれば、リコも彼《かれ》を好《す》きなんじゃないかということは、だいぶ前《まえ》から感《かん》じていた。でも、なにも打《う》ち明《あ》けてくれないから、そういうことになっていたなんて知《し》らなかった。

た。あたしの気持《きも》ちも知《し》らなくはなかったくせに。リコはあたしに一言《ひとこと》もいわなかった。リコは……リコはひどい。ボンボン菓子《がし》のような屋根《やね》の上《うえ》であたしはべそをかいた。

なんの脈《みゃく》らくもなく、いきなりむかいの屋根《やね》に辰巳《たつみ》が出現《しゅつげん》した。さすがのあたしもすぐには声《こえ》がでなかった。それにしても辰巳《たつみ》は魔神族《ジン》が妙《みょう》にあっている。生《う》まれたときからそうだったみたいだ。彼《かれ》は頭《あたま》にくるような底《そこ》ぬけの陽気《ようき》さかげんでいった。

「おっ、上田《うえだ》。『四つめ』はどうなった？　おれ、そのあいだにすごいもの見《み》てきたぜ。一《ひと》つ目巨人《めきょじん》の宝《たから》がさ……」

「ばかっ、どうしてそう能天気《のうてんき》でいられるのよ」

やつあたり気味《ぎみ》にあたしはつんつんした。

「みんなそれどころじゃないのよ。宮城《みやぎ》くんのところはたいへんなんだから。遊《あそ》んでばかりいないで、少《すこ》しは手助《てだす》けしたらどうなの」

「上田《うえだ》だって、遊《あそ》んでるんじゃないのか？」

「あたしは悩《なや》んでるの！」

興味《きょうみ》なさそうに辰巳《たつみ》はいった。

「やめとけって。女《おんな》はおせっかいだな。悩《なや》むとなにかおもしろいのか？　杉本《すぎもと》ならともかく、わきから口《くち》を出《だ》すとろくなことがないぞ。この件《けん》に関《かん》しちゃ、上田《うえだ》もおれと同《おな》じわき役《やく》なんだろう？」

あたしはかっとした。もうれつに腹《はら》がたった。いっしょになんかしないでよ。これをだれの夢《ゆめ》だと思《おも》っているのよ。

「大《おお》きなお世話《せわ》。あんたこそよけいな口《くち》をはさまないでよ。用《よう》もないのなら、さっさと消《き》えたら？」

辰巳秀之《たつみひでゆき》はあたしの言葉《ことば》にしたがった。足《あし》の先《さき》から少《すこ》しずつ消《き》えてゆき、最後《さいご》までそのにやにや笑《わら》いだけがのこった。こんな夢《ゆめ》、はやく終《お》わらせたい！


考《かんが》えたすえ、あたしはやっぱりお后《きさき》をたずねることにした。たのまれることはやる性分《しょうぶん》なのだ。たとえわき役《やく》になろうが、ピエロになろうが。それはあたしの勝手《かって》でしょ。

宮城《みやぎ》くんに会《あ》えるかと思《おも》ったら姿《すがた》はなくて、あたしは一人《ひとり》、ピンクの絹《きぬ》のサロンで外交官《がいこうかん》のようににこにこ話《はな》しながらお后《きさき》とお茶《ちゃ》をのんでいた。こういうことが得意《とくい》なのは優等生《ゆうとうせい》の悲《かな》しいさがである。なぜって、お后《きさき》は緋色《ひいろ》の魔女《まじょ》に変身《へんしん》しており、白目《しろめ》が金色《きんいろ》でつりあがり、二本《ほん》のまがった角《つの》がはえていたのである。ふつうににこにこできない。お面《めん》だと考《かんが》えることにして見《み》て見《み》ぬふりをしたけれど、内心《ないしん》ひやひやものではあった。

しかし、魔女《まじょ》はあたしがお気《き》に入《い》りだというのはたしかだった。最初《さいしょ》から最後《さいご》まで顔以外《かおいがい》はやさしかったのだ。それも多少気味《たしょうきみ》のわるいことにはちがいないが。あたしが、宮城《みやぎ》くんたち二人《ふたり》はあたしといっしょに『四つめ』をさがす使命《しめい》をもっているのだと説得《せっとく》すると、調子《ちょうし》が狂《くる》うほどすんなりわかってくれた。それならなぜリコをつれさったりしてじゃましたんだといいたくなるくらいだ。

魔女《まじょ》はいった。

「ようございます。そういうことなら、あの子《こ》たちをつれていってかまいません。杉本《すぎもと》さんは、地下《ちか》の十三の扉《とびら》のある花園《はなぞの》にいます。息子《むすこ》もそこにいるでしょう。あなたから出《で》るようにいっておやりなさい」

地下《ちか》の花園《はなぞの》ですって。きいたあたしはおもしろくなかった。そう、あたしに魔女《まじょ》をおしつけておいて、彼《かれ》らは二人《ふたり》してそんなところにこもっているわけだ。あたしがおじぎをして部屋《へや》を出《で》ようとすると、魔女《まじょ》は急《きゅう》につけ加《くわ》えた。

「ああ、十三番《ばん》めの扉《とびら》だけはけっして開《あ》けないでくださいね。ほかはともかく、十三番《ばん》めの扉《とびら》だけはいけません」

これはおとぎ話《ばなし》のわなである。すぐにわかった。開《あ》けるなといわれた扉《とびら》は必《かなら》ず開《あ》けられ、災難《さいなん》をふりまくことになるのだ。あたしがそんなワンパターンに気《き》づかないはずはなかった。なかった、のだが……

百もの例《れい》を知《し》っていてもむだだったろう。十三の扉《とびら》はまるで映画館《えいがかん》の扉《とびら》で、赤《あか》くてつめものがしてあって両開《りょうびら》きだった。秘密《ひみつ》めかして、人《ひと》を閉《し》めだす扉《とびら》だった。見《み》たとたん、あたしは悲《かな》しくてくやしくて目《め》がくらみ、開《あ》けてしまったのである——たしかめもせずに。

リコのさけび声《ごえ》がした。後悔《こうかい》は十分《ぶん》の一秒《びょう》よりはやくやってきた。

「逃《に》げて、はやく。くわれたら二度《にど》とこの世界《せかい》からもどれなくなる！」

リコと宮城《みやぎ》が必死《ひっし》の形相《ぎょうそう》でかけてくるところだった。彼《かれ》らの背後《はいご》に花《はな》など一本《いっぽん》もなく、かわりに身《み》をくねらせた無数《むすう》のお化《ば》けナマコが……内臓色《ないぞういろ》して斑点《はんてん》をちらしたお化《ば》けナマコがいた。そして粘膜《ねんまく》の口《くち》をひろげて土《つち》から次々《つぎつぎ》とわきだし、あたしたちにおどりかかってきた。

## 第《だい》四楽章《がくしょう》　〈バグダッドの祭《まつ》り～海《うみ》～船《ふね》は青銅《せいどう》の騎士《きし》の岩《いわ》で難破《なんぱ》～終曲《しゅうきょく》〉

魔神族《ジン》の全速力《ぜんそくりょく》で宮殿《きゅうでん》をかけぬけたが、ナマコは追《お》いかけてきた。恐怖《きょうふ》が重《おも》すぎて飛《と》べないのが悲惨《ひさん》だ。城下《じょうか》の広場《ひろば》はお祭《まつ》りで、人《ひと》やロバや鳥《とり》、露店《ろてん》や大道芸《だいどうげい》がひしめいている。歌《うた》や、鈴《すず》や、呼《よ》びこみの声《こえ》。けれどもあたしたちは、それらをひっかきまわして悲鳴《ひめい》にかえるために通《とお》ったようなものだった。ナマコが襲《おそ》ってくる！　ナマコの怪物《かいぶつ》は土《つち》にもぐることができ、どこからでも飛《と》び出《だ》してくるのだ。露店《ろてん》の下《した》、天幕《てんまく》のかげ、どよめく人々《ひとびと》のあいだから。怖《こわ》いなんてものじゃない、息《いき》も絶《た》えだえになる。ゴキブリでさえこれほど身《み》の毛《け》がよだちはしない。

「海《うみ》、海《うみ》へ逃《に》げよう。地面《じめん》がなければ追《お》ってはこれない」

港《みなと》が見《み》えたところで宮城《みやぎ》がいった。あたしたちはなんとか帆船《はんせん》まで逃《に》げのびて、もやい綱《づな》をといた。だが、その見込《みこ》みは少《すこ》しあまかったようだ。海《うみ》にも海底《かいてい》というものはあるんだよね。あたしたちの船《ふね》が出《で》ると、怪物《かいぶつ》のせいで海面《かいめん》はたちまち大荒《おおあ》れになった。さかまく高波《たかなみ》に船《ふね》は木《こ》の葉《は》のようにもみにもまれてどうすることもできない。おののくあたしたちは頭《あたま》から波《なみ》をかぶりながら真《ま》ん中《なか》のマストにしがみついていた。あとの二人《ふたり》にましてあたしはみじめだった。二人《ふたり》の顔《かお》が見《み》られない。こんなのあんまりだとあたしは思《おも》った。あんまりだ！　あんまりだ！

ぬれた髪《かみ》をはりつかせたリコがとなりで何《なに》かいった。とどろく波音《なみおと》できこえず、え？と耳《みみ》をよせる。

「ごめんね。今《いま》まで宮城《みやぎ》くんのこと、ヒロにだまっていたりして。怒《おこ》っているでしょう、あたしのこと。なんだってヒロのことをたよってばかりいたくせに、って」

あたしは首《くび》をふった。

「もういいよ、そんなこと」

「ううん、怒《おこ》っていいの。あたし、いやらしかったんだもの。秘密《ひみつ》にしたの。ヒロが……ヒロはなんでもあたしよりよくできるから。おばかだね。本当《ほんとう》にごめんね」

ほろりとなりそうになった。リコはいつだってあたしより先《さき》にすなおになれる。だから、かなわないんだ。

「あたしこそ、ごめんね。こんなことにしてしまって」

この曲《きょく》を、こんなにだいなしにしたのはあたしなのだ。魔女《まじょ》は出《だ》すし、ナマコは出《だ》すし。あげくのはてにもう時間《じかん》はほとんどない。このままでは、曲《きょく》の最後《さいご》に待《ま》ちかまえている冷《つめ》たい影《かげ》、青銅《せいどう》の騎士《きし》が、すべてをこなごなに砕《くだ》くだろう。みんなあたしのいじけた心《こころ》がわるいのだ。ごめんなさい。ゆるしてください。もう一度《いちど》チャンスをあたえてください。宇宙《うちゅう》の主《あるじ》、シェエラザード様《さま》!

「なんだよ、まだこんなことやっているのかよ」

辰巳《たつみ》がまたランプの精《せい》のようにいきなり現《あらわ》れた。

「沈没《ちんぼつ》するのって、そんなにおもしろいか?」

マストにしがみついた三人《にん》はうらめしそうに彼《かれ》を見《み》た。

「みたいだね」宮城《みやぎ》が元気《げんき》なくいった。

「おまえは『四つめ』をみつけたんだろう、辰巳《たつみ》」

かすかな希望《きぼう》があった。お話《はなし》にはよくあることだもの、代打逆転満塁《だいだぎゃくてんまんるい》サヨナラホームランのようなできごと。辰巳《たつみ》はいばっていった。

「野球部《やきゅうぶ》のミーティングで教《おそ》わることだとでも思《おも》っているのかよ。おれにはきれいさっぱり、小指《こゆび》の先《さき》ほどもわかんないぞ」

……いばっていうことか、それが。

「だいたい、おまえたち、だらしがないんだよ。いつもいつも騒音《そうおん》を寄《よ》せ集《あつ》めて人《ひと》の耳《みみ》をつぶしているくせに、脳《のう》みそくらい寄《よ》せ集《あつ》めろよ」

ブラスバンドを冒《ぼう》とくする神《かみ》をもおそれぬ辰巳《たつみ》に、天罰《てんばつ》のかみなりが落《お》ちてくるとあたしは思《おも》った。だがちがった。かみなりに打《う》たれたのはあたしのほうだった。天啓《てんけい》のかみなり。その瞬間《しゅんかん》『四つめ』がわかったのだ。声《こえ》のかぎりにさけぼうとしたが、あたしの口《くち》をついて出《で》たのは反対《はんたい》に、意外《いがい》なほどおだやかな声《こえ》だった。

「なんだ、わかった。四つめって、『ハーモニー』だよ。リズム、テンポ、そしてメロディ、それからハーモニー。ね？　そうでしょう」

あとの三人《にん》が、なあんだ、知《し》ってたよという顔《かお》になった。

「ハーモニーだ」「ハーモニーか」「ハーモニーね」

それが正解《せいかい》だった。

なにかがふうっととけていく感《かん》じがした。海《うみ》が、空《そら》が、風《かぜ》が、雲《くも》が、一度《いちど》に緊張《きんちょう》をといてためいきをついたようだった。ハーモニー。よくつかう言葉《ことば》なのに、今《いま》は魔法《まほう》の呪文《じゅもん》のように思《おも》える。これ以上《いじょう》ないほどなごやかで、少《すこ》し、せつない言葉《ことば》……なにもかもが調和《ちょうわ》することは、少《すこ》しせつないことでもあるのだと、あたしははじめて知《し》った。波《なみ》はしずまり、海底《かいてい》のナマコはかなたへ立《た》ち去《さ》った。どこか遠《とお》くで鐘《かね》がなり、そよ風《かぜ》がそのしらべをかすかに伝《つた》えてきた。砂漠《さばく》の宮殿《きゅうでん》では、お后《きさき》がお面《めん》をとってしまいこんだ（桐《きり》の箱《はこ》かなにかに）。青銅《せいどう》の騎士《きし》は、さび止《ど》めをぬりに家《いえ》へ帰《かえ》ってしまった（これは辰巳《たつみ》くんの言《げん》である）。雲《くも》がとぎれて陽光《ようこう》がさしいり、あたしたちが岩《いわ》を見上《みあ》げたとき、そこに槍《やり》をもつ騎《き》士《し》の姿《すがた》はなかったのだった。

コーダが鳴《な》りひびき、船《ふね》は岩《いわ》のあいだをすりぬけるとゴールをめざした。あたしたちは手《て》すりにもたれて最後《さいご》の海《うみ》を見《み》ていた。青銅《せいどう》の騎士《きし》はいなかったけれど、消滅《しょうめつ》したわけではない。魔女《まじょ》やナマコだって、見《み》えなくなっただけで存在《そんざい》しなくなったわけではない。だから、ハーモニーは絶対三要素《ぜったいさんようそ》のうちには入《はい》らないんだ、と、あたしは深遠《しんえん》なことを考《かんが》えていた。辰巳《たつみ》くんの鼻歌《はなうた》がきこえた。ひどい調子《ちょうし》っぱずれ。わざとやっているのだ。

「やめてよ。おしまいまでハーモニーと縁《えん》のない人《ひと》ね」

じろりと見《み》てあたしはいった。彼《かれ》は聞《き》こえないふりをした。

「辰巳《たつみ》くんってね、態度《たいど》の大《おお》きい装飾《そうしょく》おんぷよ。わかる？　この意味《いみ》」

いってから、あたしは自分《じぶん》でおかしくなって笑《わら》ってしまった。だって彼《かれ》はそのものだ。

いつも勝手《かって》にとびはねていて、底辺《ていへん》でメロディをささえようなどとは思《おも》いもよらない。なのに、彼《かれ》がいなかったら宇宙《うちゅう》の答《こたえ》はあやうく見《み》つからないところだったのだ。ふしぎ。人《ひと》と人《ひと》との交響曲《こうきょうきょく》は、譜面《ふめん》より複雑《ふくざつ》なものらしい。なぜここに辰巳《たつみ》くんが来《き》てくれたのか、あとでよくよく考《かんが》えてみようとあたしは思《おも》った。

最終和音《さいしゅうわおん》がはれやかに、一羽《わ》の鳥《とり》のように空《そら》にすいこまれていった。

# でんぐりん

正《しょう》道《どう》かほる

よなかに、あいりは　目《め》が　さめてしまった。

いえの中《なか》は　しんと　しずかだ。

みあげると、まどの　そとには　まんまるな　月《つき》。ベッドの　あいりを、みおろしている。

かたの　あたりが、すうすうするみたい。なんだか　すこし、さみしい　きもちもする。

あいりは、そっと　ふとんを　ぬけだし、まくらを　もって、とうさんの　へやにいった。

月《つき》の　ひかりは、とうさんの　へやにも　さしこんでいる。あおじろい　ひかりは、へやを　うみの　いろに　てらしていた。

「とうさん……。」

あいりは、とうさんの　ふとんに　そっと　もぐりこむ。

「どうした、あいり。こわい　ゆめでも　みたか。」

とうさんが、ねむそうな　こえで　いった。

「うん……。なんだか　こわかった。」

とうさんは、あいりの　あたまを、やさしく　なでてくれる。とうさんの　手《て》は、大《おお》きくて、あったかい。あいりは、とうさんに　ぴったり　くっついた。

「とうさんの　おなか、おとが　してるね。」

目《め》を　つぶって、みみを　すますと……。

たぷん　とぷん
たぷたぷ　とぷん

水《みず》の　ゆれる　おとだった。

「おなかの中《なか》に、うみが　あるみたい。ねえ、とうさん、おはなし　して。うみの　はなし。」

「そうだなぁ……。大《おお》きな　クラゲの　はなしを　しようか。」

「どれくらい　大《おお》きいの？」

「おまえの　むぎわらぼうしくらいかな。もっくり　まるい　かさと、ひらひらの　ながい　あしが　ある。かさを　ひらいたり　とじたりして、およぐんだ。」

「なにを　たべるの？」

「なんでも　よく　たべた。ひとくち　たべれば　ひとくちぶん、ふたくち　たべれば　ふたくちぶん、たべれば　たべただけ　大《おお》きくなるんだ。

はじめは　むぎわらぼうしくらいだったのが、あいりのかさくらいになって、とうさんのかさくらいに　なって、とうとう　ビーチパラソルくらいに　なった。

大《おお》きくなれば　なるほど、おなかも　すく。小《ちい》さな　さかななんか、まるのみさ。」

「ばっかな　さかな。にげれば　いいのに。」

「さかなが　ばかだった　わけじゃない。そのクラゲは、とうめいだったのさ。」

「とうめい？」

「そう。ガラスみたいに　すきとおっていたから、すぐ　そばに　くるまで、だれにもわからない。きづいたときには、さかなたち、クラゲの　おなかの中《なか》って　わけだ。」

「小《ちい》さな　さかなたち、かたまって　およげば　いいのに。大《おお》きな　さかなの　ふりをして　およげば、クラゲだって、のみこまないわよ。」

「いい　かんがえだ。まえにも、かしこい　さかなが　そう　かんがえた。そいつが　ごうれい　かけて、みんなで　いっしょに　およいだのさ。

『さあ、ならんで　ならんで。まえへ　ならえ。おい、そこの　きみ、はみだしちゃだめだってば。……いいかい。そーれ、イッチ、ニッ、イッチ、ニッ！』
ってね。
そしたら　クラゲ、そっくり　まとめて　のみこんでしまった。
クラゲは　とうめいだろ。のみこんだ　さかなが　およいでるのが、そとから　すけてみえるんだ。
小《ちい》さな　さかなたちが、クラゲの　おなかで　およいでいると、中《ちゅう》くらいの　さかなが『えさが　あるぞ。』と、よってくる。そこを　クラゲが　ひとのみにする。
小《ちい》さな　さかなと　中《ちゅう》くらいの　さかなたちが、クラゲの　おなかで　およいでいると、大《おお》きな　さかなが『えさが　あるぞ。』と、よってくる。そこを　クラゲが　ひとのみにする。クラゲは、どんどん　たべて、どんどん　大《おお》きくなっていった。もうビーチパラソルどころじゃない。うちよりも、ドームよりも　大《おお》きくなった。
クラゲは、たべれば　たべるほど、おなかが　すいた。
さかなだけでは　たりなくなって、かいも　たべた。かにも　たべた。たこも　いかもたべた。ひじきも　わかめも　こんぶも　たべた。ペンギンも　あしかも　とども　せ

いうちも　たべた。

しょくごの　デザートに、しろくまが　のっかった　ひょうざんまで　たべたのさ。」

「ほかの　クラゲも　たべたの？」

あいりは、そっと、とうさんに　きいた。

「もちろん。」

とうさんは、こたえた。

「でも、さめは　むりよね。こわいもん。」

「むりじゃない。さめだって　しゃちだって、えいや　まんぼうや　くじらだって……、
みーんな、クラゲは　たべたのさ。」

「うみ、からっぽになっちゃう。」

「そのかわり、クラゲの　おなかは　すいぞくかんみたいに、にぎやかになった。

日《ひ》が　しずむと、クラゲの　おなかに、ぽかり　ぽかり、と　あかりが　ともった。や
こうちゅうや、ほたるいか、ちょうちんあんこうなんかが　ひかるんだ。

よるも　ひるも、クラゲは、なみに　ゆられて　ながれていった……。

クラゲのやつ、いくら　たべても　たべたりないんだ。おなかは　いっぱいの　はずな

のに、どこかが　すうすうしてる。

むねに、ぽっかり、あなでも　あいてるみたいだった。

ある日《ひ》、とおりかかった　ふねが、その　クラゲの　あなに　つっこんだ。

せんちょうさんが、ひるごはんの　ことを　かんがえてて、よそみしてたんだ。

『バタつきパンと　キャベツの　スープには、あきあきだ。たまには　さかなの　フライが　たべたい。』

と、せんちょうさん。

『ざいりょうの　さかなが　ないんです。』

と、コックさん。

『なければ、つれば　いいだろう。』

『どこにも　さかなが　いないんです。』

『うみに　さかなが　いないはずない。つりかたがわるいんだ。くふうしろ。』

『そんなの　コックの　しごとじゃありません。』

『せんちょうの　しごとでもないぞ。』

『ほかの　みんなだって　いそがしいんです。むちゃ　いわないでくださいよ。』

いいあいしているうちに、ふねは、クラゲの　あなに、すっぽり　はまったのさ。

あなが　ふさがると、クラゲは　すこし、げんきになってきた。うたも　でてくる。

『たぷん、とぷん、たぷとぷん。』

なみに　あわせて　クラゲが　うたうと、中《なか》の　さかなたちも、

『ふん、ふふん、ふふふーん。』

いっしょに　うたっていたよ。」

「ね、とうさん。せんちょうさんは、どうしたの?」

「クラゲの　おなかは、さかなだらけだろ。せんちょうさんは、ふなべりから　いとをたらして、さかなをつった。その　つれること、つれること。ふねの　みんなが　三かい　おかわりして　たべられるくらい、すぐに　つれた。

それを　コックさんが　フライにした。たっぷりの　からしと　せんぎりキャベツをそえて、ふねの　みんなで、なかよく　おひるごはんに　たべたのさ。」

「よかったね。」

「あなの　ふさがった　クラゲは、のんびりと　およいでいた。もう、どこも　すうすうしない。夕日《ゆうひ》の　うみを　クラゲが　およぐとき、中《なか》の　さかなや　ふねが、きんや

オレンジいろに　かがやいてね。ステンドグラスみたいで、そりゃ　きれいだったよ。」

「あめの日《ひ》は？　クラゲ、なにしてた？」

「くろくもが、そらいっぱいに　ひろがって、あらしが　きそうな　日《ひ》だった。

クラゲの　むねにも、すうすう　かぜが　ふいていた。いつのまにか、むねの　すきまが、ひろがっていたんだな。

『あーああ。』と、クラゲが　のびを　したとき、ながい　うでの　さきっぽが、くもの　はしに　ひっかかった。

そこで、クラゲは　くもを　はしから　ひっぱりよせた。わたあめでも　つくるみたいに、うでに　まきつけてね。たぐって、まるめて、すきまに　おしこんだのさ。

むねの　すきまは、きっちり　うまった。くもも、すっかり　なくなった。

うみの上《うえ》に　あおぞらが　ひろがり、日《ひ》が　さしてきた。

クラゲは　げんきになって、また　おなかが　すいてきた。まっさおな　そらを　とんでいる　とりを　みつけると、つかまえて　たべた。」

「かもめとか？」

「そう。しろい　かもめも、くろい　うみうも、あかい　フラミンゴも……。」

「あおい　とりだって、つかまえて　たべた？」

「たくさんある　うでを　ばあっと　そらに　ひろげて、つかまえて　たべたのさ。

それでも　クラゲは、まだ、おなかが　すいて　しかたがなかった。

日《ひ》が　くれると、ほしが　いくつも　ひかりだした。クラゲは、うでを　のばし、小《ちい》さな　ひとでみたいな　ほしを　つまんで　たべた。

つぎから　つぎへ、ぷちんぷちんと　つまんで　たべていったんだ。ながれぼしも　ぷちん。ほうきぼしも　ぷちん。どせいも　ぷちん。かせいも　ぷちん……。ありったけの　ほしを、ぷちんぷちん、たべていった。

それでも　クラゲは、まだまだ、おなかが　すいて　しかたなかった。

そのうち、うみの　はしから、まあるい　大《おお》きな　月《つき》が　のぼってきた。

クラゲは、ぶわぶわ　およいでいって、月《つき》を、がぶりと　まるのみにした。」

「わあっ、お月《つき》さままで？」

「うん、たべちゃった。」

「クラゲ、おなか　いたくならなかった？」

「どこだか　シクッときた。でも、クラゲには、わけが　わからなかった。あれっ、と

じぶんの　おなかを　のぞきこんだ。そのとたん、

**でんぐりん！**

ひっくりかえって、うらがえし。」

「えっ？」

「うちがわが　そとがわ、そとがわが　うちがわに　なったのさ。」

「うんどうかいの　あかしろぼうみたいに？」

「うんどうかいどころの　さわぎじゃなかった。クラゲが　ひっくりかえったひょうしに、みんな、うみに　はじきだされたんだから。

小《ちい》さな　さかなも、中《ちゅう》くらいの　さかなも、大《おお》きな　さかなも。かいも　かにも　たこも　いかも。ひじきも　わかめも　こんぶも。ペンギンも　あしかも　とども　せいうちも　しろくまも。ほかの　クラゲも。さめだって　しゃちだって、えいや　まんぼうや　くじらだって。しろい　とりも、くろい　とりも、あかい　とりも、あおい　とりも……。

いっせいに、まっくらな　うみに　ちらばっていった。

月《つき》は、いそいで　そらに　かけのぼって、うみを　あかるく　てらした。みんなが　ま

ちがわないで、ちゃんと、じぶんたちの　うちに　いきつけるようにね。

ほしたちは、そらに　あがりながら、チンチン　ふれあって、いい　おんがくを　ならした。

さかなたちは、およぎながら、クラゲに　おそわった　うたを　うたった。

うみは、きゅうに、あかるく　にぎやかになったのさ。」

「クラゲは？　どうしたの。」

「でんぐりん、と、うらがえったひょうしに、きゅうっと　ちぢんで、もとどおり。とぷん　たぷんと、なみに　ゆられて　うかんでいたよ。

もう、どこも　すうすうしない。あたまの上《うえ》の　そらには、月《つき》や　ほしが　いっぱいだ。うみには、さかなや　ほかの　みんなが　いる。

うみと　そらに　だかれて　クラゲ、こんな　すてきな　きぶんは、はじめてだった。」

「よかった。」

ほっとした　あいりは、とうさんに　あたまを　おしつけて、目《め》を　つぶる。

「とうさんの中《なか》で、うみの　おとが　してる。」

「さあ、あいり。もう　おやすみ。」

「うん。とうさん、おやすみなさい。」
あいりは　クラゲの　ゆめを　みた。
とうさんの中《なか》の　うみで、あいりは、たぷたぷとぷん、と、やさしい　クラゲだった。

# ルチアさん

高楼方子《たかどのほうこ》

## 1章《しょう》　たそがれ屋敷《やしき》の人《ひと》びと

もうずいぶん昔《むかし》のことです。あるところに、《たそがれ屋敷《やしき》》とよばれている一軒《けん》の家《いえ》があり、奥《おく》さまと、ふたりの娘《むすめ》と、ふたりのお手伝《てつだ》いさんが暮《く》らしていました。

その家《いえ》が、そういう名前《なまえ》でよばれるようになったのは、広《ひろ》い庭《にわ》に鬱蒼《うっそう》と茂《しげ》った木《き》のせいで家屋敷全体《いえやしきぜんたい》が暗《くら》くかげり、まるで、たそがれ時《どき》の、ゆらゆらしたすみれ色《いろ》の空気《くうき》が、そこらいったいにたちこめているように見《み》えたからでした。

そんな庭《にわ》の中《なか》を、きれいなドレスに身《み》を包《つつ》んだ痩《や》せた奥《おく》さまが、首《くび》を少《すこ》し傾《かたむ》け、うつむきながらゆらゆらと散歩《さんぽ》する姿《すがた》や、またあるいは、心《こころ》をどこかに忘《わす》れてきた人《ひと》のような面差《おもざ》しで、屋敷《やしき》の三階《がい》の窓《まど》から、遠《とお》くを望《のぞ》んだりするのを見《み》た人《ひと》たちは、みな、まるで《たそがれ屋敷《やしき》》そのもののような人《ひと》だと思《おも》うのでした。実際《じっさい》、奥《おく》さまは、どこが悪《わる》いということもないのでしたが、いつでも、ため息《いき》のベールをまとったように憂鬱《ゆううつ》そうで、はかなげに見《み》えたのです。

娘《むすめ》たちは、スゥとルゥルゥといいました。スゥが八歳《さい》、ルゥルゥが七歳《さい》で、奥《おく》さまに良《よ》く似《に》た面《おも》だちの、痩《や》せて色《いろ》の白《しろ》い子《こ》どもたちでした。ふたりは、お転婆《てんば》でも、いたずらでもなく、言《い》われたことをだいたい守《まも》り、おそろいの白《しろ》いエプロンをつけ、おとなしい遊《あそ》びをして毎日《まいにち》を過《す》ごしていました。「子《こ》どもたちに、そろそろ教育《きょういく》を受《う》けさせなくては……」ということばが、奥《おく》さまの口《くち》にのぼるようになって、しばらくたちましたが、「そろそろ」には、まだ間《ま》があるらしく、ふたりは、相《あい》も変《か》わらず、気《き》ままに暮《く》らしていたのです。それというのも、この家《いえ》のだんなさま、つまり、この子《こ》たちの父親《ちちおや》が、外国航《がいこくこう》路《ろ》の船《ふね》に乗《の》る仕事《しごと》についていたため、めったに帰《かえ》らず、「今度《こんど》ゆっくり話《はな》し合《あ》って、学校《がっこう》にいれるなり、家庭教師《かていきょうし》をつけるなりしよう」と書《か》いた手紙《てがみ》をよこして以来《いらい》、いっこうに戻《もど》らないせいでもありました。

こんな事情《じじょう》を知《し》っているお手伝《てつだ》いさんたちは、奥《おく》さまのあのような様子《ようす》は、ひとえに、だんなさまのお留守《るす》のせい、だんなさまの帰《かえ》りを待《ま》ちわびているせいだと考《かんが》えていました。でも、それについては、本当《ほんとう》のところ、だれにもわかりませんでした。

さて、このお手伝《てつだ》いさんたちは、エルダさんとヤンガさんといいました。年取《としと》った方《ほう》がエルダさん、若《わか》い方《ほう》がヤンガさんです。スゥとルゥルゥは、ヤンガさんが年《とし》をとると、そのままエルダさんになるのだと思《おも》っていました。子《こ》どもたちがそんなふうに思《おも》えるほど、ふたりは気《き》の合《あ》った似《に》た者同士《ものどうし》だったので、ふたりの話《はな》し声《ごえ》がとびかう台所《だいどころ》だけは、《たそがれ屋敷《やしき》》の中《なか》にあって、市場《いちば》の一角《いっかく》のような活気《かっき》に満《み》ちていました。

スゥとルゥルゥにとって、このふたりが話《はな》してくれる村《むら》の話《はなし》を聞《き》くのは、楽《たの》しみのひとつでした。それは、屋敷《やしき》の中《なか》にはけっして見《み》つけだせない、ひなたの匂《にお》いと明《あか》るさを持《も》っていましたし、また、お父《とう》さまが聞《き》かせてくれた、遠《とお》い国々《くにぐに》のかすみの向《む》こうのような話《はなし》ともちがって、もう少《すこ》しでつかめそうな、むずむずするような喜《よろこ》びをもたらしてくれるからでした。——とはいってもどちらがいっそう好《す》きかといえば、それは、お父《とう》さまの話《はなし》の方《ほう》だったのですけれど。

お父《とう》さまは、船《ふね》の旅《たび》から帰《かえ》るたびに、海《うみ》の向《む》こうで見《み》たいろいろなものについて話《はな》してくれました。美《うつく》しい色《いろ》の鳥《とり》や大《おお》きな果実《かじつ》のこと、深《ふか》く茂《しげ》る森《もり》や可憐《かれん》に咲《さ》く花々《はなばな》のこと、そして、さざめくようにささやきかわしながら過《す》ぎて行《い》く、日《ひ》に焼《や》けた輝《かがや》くような娘《むすめ》たちのことや、透《す》きとおるほどに白《しろ》い肌《はだ》をきらめかせて、言葉少《ことばすく》なに飛《と》ぶように駆《か》けていく、妖精《ようせい》のような少女《しょうじょ》たちのことを……。

ふだんはしまってある銀《ぎん》の燭台《しょくだい》が灯《とも》された、家族《かぞく》そろっての晩餐《ばんさん》の席《せき》で、お父《とう》さまは、不在《ふざい》のあいだのみんなの様子《ようす》をひととおり聞《き》き終《お》えてうなずいたあとには必《かなら》ず、遠《とお》い国《くに》で見《み》たものを、丁寧《ていねい》に、生《い》き生《い》きと語《かた》り聞《き》かせてくれたのです。お父《とう》さまは話《はな》すうちに食《た》べる手《て》を休《やす》め、燭台《しょくだい》の炎《ほのお》の先《さき》をみつめるのが常《つね》でした。それにつられて、子《こ》どもたちもまたそこに目《め》をこらし、ゆらゆらした炎《ほのお》しか見《み》えないはずのところに、遠《とお》くの光景《こうけい》がうっすら浮《う》かび上《あ》がるのを見《み》るのでした。静《しず》かにお料理《りょうり》を取《と》り分《わ》け、お父《とう》さまのグラスに葡萄酒《ぶどうしゅ》を注《そそ》ぐお母《かあ》さまのうれしそうな姿《すがた》が、その光景《こうけい》と重《かさ》なります――もっとも、お父《とう》さまが久《ひさ》しく戻《もど》らない今《いま》となっては、あの幾度《いくど》かの晩餐《ばんさん》も、もう、いつかの思《おも》い出《で》にすぎなかったのですけれど。ただ、お父《とう》さまから聞《き》いた、海《うみ》の向《む》こうの話《はなし》のかけらだけが、変《か》わらずに、子《こ》どもたちの心《こころ》をかきたて、不思議《ふしぎ》な心地《ここち》よさで満《み》たしつづけていたのです。

こんなふうにして、スゥとルゥルゥは、《たそがれ屋敷《やしき》》からほとんど出《で》ることのないまま、毎日《まいにち》を過《す》ごしてきたのでした。

## 2章《しょう》　ルチアさん

ある晩《ばん》のこと、台所《だいどころ》のテーブルでぬりえをしていたスゥとルゥルゥは、エルダさんとヤンガさんの話《はな》し声《ごえ》に耳《みみ》をそばだてました。

「いったい、あたしたちだけじゃ、手《て》伝《つだ》いの手《て》が足《た》りないってんでしょうかねえ。まあ、ひとりふえれば、そのぶん仕事《しごと》は楽《らく》になりますけどね」

ヤンガさんの娘《むすめ》のような声《こえ》に続《つづ》いて、エルダさんのしわしわした声《こえ》が答《こた》えました。

「奥《おく》さまがおやさしいのさ。くわしいことは知《し》らないけど、なんでも、気《き》の毒《どく》な方《かた》で、働《はた》き口《ぐち》をさがしてたんだって。つまり、お情《なさ》けで、来《く》ることになったわけよ。でもあんたの言《い》うとおり、こっちも楽《らく》になるんだもの、よしとしましょ」

それでスゥとルゥルゥは、まもなく、「気《き》の毒《どく》」な新《あたら》しいお手《て》伝《つだ》いさんが来《く》るのだということを知《し》ったのです。

つぎの朝《あさ》、庭《にわ》にいたスゥとルゥルゥは、よく光《ひか》る水色《みずいろ》のものが、門《もん》のあたりにころがってきたような気《き》がして、そっちを見《み》ました。でもそれは、水色《みずいろ》のコートを着《き》た太《ふと》ったおばさんが、門《もん》の扉《とびら》をあけようとして前《まえ》かがみになっていたところでした。おばさんは、中《なか》にはいると、庭《にわ》の中《なか》の道《みち》をまっすぐにやってきました。

「たまごが水色《みずいろ》の服《ふく》を着《き》て歩《ある》いてくるみたい……」

と、ルゥルゥが目《め》をみひらいてつぶやきました。

「しっ、聞《き》こえたらわるいわ」

姉《あね》のスゥはたしなめましたが、そのあとでは、「ていうより、水色《みずいろ》のたまごが歩《ある》いてくるみたいじゃない？　ぴかぴかの……」と、つぶやきました。でもそれから、目《め》をしばたたき、ほとんど叫《さけ》ぶようにして言《い》ったのです。

「ねえルゥルゥ！　見《み》てよ、まるで、あたしたちの、あの宝石《ほうせき》みたいに見《み》えない？」

暗《くら》く茂《しげ》った木々《きぎ》の中《なか》で、おばさんの水色《みずいろ》のコートは、やけにくっきりと明《あか》るく光《ひか》って見《み》えたのでした。

新《あたら》しいお手伝《てつだ》いさんは、ルチアさんといいました。ルチアさんは、ひとりひとりにおじぎをし、あいさつしました。そのあいだじゅうふたりは、目《め》をまるくして、ルチアさんをみつめていました。どうしても、じっと見《み》ないではいられなかったのです。

ルチアさんは、近《ちか》くで見《み》ても、やっぱり、たまごのようでした。つるんとした色白《いろじろ》の顔《かお》は、ほっぺただけがきれいな桃色《ももいろ》で、目《め》は、とてもとても小《ちい》さくて、とてもとても、ぱっちりしていました。それに、ルチアさんの声《こえ》は、声《こえ》というより、フウフウという笛《ふえ》の音《ね》に似《に》ていて、しかもそれが、口《くち》からではなく、頭《あたま》のてっぺんから出《で》てくるように聞《き》こえるのでした。でも、ふたりがいちばん不思議《ふしぎ》に思《おも》ったのは、水色《みずいろ》のコートを脱《ぬ》いだあとでも、ルチアさんが、まだ全体《ぜんたい》に水色《みずいろ》っぽく、ぴかぴかして見《み》えたことでした。

ルチアさんは、エルダさんとヤンガさんと同《おな》じように、白《しろ》いエプロンをしめ、白《しろ》い帽子《ぼうし》をかぶって働《はたら》きました。そっくり同《おな》じ格好《かっこう》になってさえ、ルチアさんは、あとのふたりのようではありませんでした。もっとも、エルダさんは細《ほそ》い棒《ぼう》のよう、ヤンガさんは太《ふと》い棒《ぼう》のよう、といったぐあいに、どちらも、縦長《たてなが》のからだつきだったのですから、似《に》て見《み》えないのも道理《どうり》だったのですが、どうもそればかりではなく、なにかがぜんぜんちがうのでした。

居間《いま》の掃除《そうじ》をする三人《にん》のお手伝《てつだ》いさんの様子《ようす》を、離《はな》れたところで眺《なが》めながら、ルゥルゥがおとなっぽい口調《くちょう》で言《い》いました。

「ルチアさんがはいったら、とたんににぎやかになったわねえ」

するとスゥは、自分《じぶん》の方《ほう》が年上《としうえ》なのを示《しめ》すような口《くち》ぶりで、

「それはあんた、みかけにだまされてるのよ。だれがにぎやかか、よおく観察《かんさつ》してごらん」

と言《い》いました。言《い》われたルゥルゥは、少《すこ》しのあいだ、働《はたら》く三人《にん》を観察《かんさつ》し、「ほんとだ」と、つぶやきました。

実際《じっさい》、ぺちゃぺちゃしゃべりとおしていたのは、エルダさんとヤンガさんで、ルチアさんは、フンフンと鼻音《はなおと》をたてるだけで、話《はなし》などひとつもしていなかったのです。それでもなぜか、ハミングでもしているような明《あか》るさを、あたりにふりまいているのでした。

ルチアさんがあまりしゃべらないのは、休憩時間《きゅうけいじかん》になっても同《おな》じでした。さあ、新《あたら》しい仲間《なかま》のあれこれを聞《き》き出《だ》そうと、あとのふたりが、やさしい声《こえ》や何気《なにげ》ない声《こえ》や深刻《しんこく》そうな声《こえ》をいろいろ使《つか》い分《わ》けながら話《はな》しかけても、ルチアさんは、プフウというような息《いき》をもらしながら、首《くび》を傾《かし》げてにこにこしているだけなのでした。

おそい夕方《ゆうがた》、ルチアさんは、また水色《みずいろ》のコートを着《き》て帰《かえ》り支度《じたく》をしました。エルダさんやヤンガさんとちがい、住《す》みこみのお手伝《てつだ》いさんではなく、かよってくることになっていたからです。

この日《ひ》はちょうど、奥《おく》さまの夜《よる》のおでかけの日《ひ》でした。奥《おく》さまは、月《つき》に何度《なんど》か、よそのお宅《たく》に招《まね》かれたり、劇《げき》を観《み》にでかけたりして、家《いえ》をあけるのです。もちろん、子《こ》どもたちのことなら、エルダさんとヤンガさんがいましたから、心配《しんぱい》なことはありませんし、スゥもルゥルゥも、なれっこでした。むしろふたりは、お母《かあ》さまが、昼間《ひるま》よりもいっそうすてきなドレスを着《き》、首飾《くびかざ》りやイヤリングをつけて、華《はな》やいで見《み》えるのが好《す》きでした。姿《すがた》のいい、上品《じょうひん》な奥《おく》さまが、きれいな物《もの》を身《み》に着《つ》けたところは、本当《ほんとう》にほれぼれして見《み》えたのです。そういうわけで、今日《きょう》、奥《おく》さまとルチアさんは、連《つ》れ立《だ》って玄関《げんかん》を出《で》たのでした。

ふたりの後《うし》ろ姿《すがた》をみんなで並《なら》んで見送《みおく》りながら、ヤンガさんが、ため息《いき》まじりに言《い》いました。

「奥《おく》さまのすてきなこと！」

そして小声《こごえ》で、「今日《きょう》は、それがいっそうはっきりするってもんだわ、隣《となり》にいる人《ひと》のおかげで」と言《い》いたしました。エルダさんも、感心《かんしん》したように言《い》いました。

「奥《おく》さまの帽子飾《ぼうしかざ》りのよく光《ひか》ることねえ」

たしかに、羽根飾《はねかざ》りにちりばめられた細《こま》かい宝石《ほうせき》は、たそがれの中《なか》にぼんやりともった門灯《もんとう》の光《ひかり》を受《う》けただけで、銀《ぎん》の炎《ほのお》のようにチカチカッと光《ひか》るのでした。

でも、スゥとルゥルゥには、エルダさんたちのやりとりが少《すこ》し不思議《ふしぎ》でした。お母《かあ》さまがすてきなことは、もとより承知《しょうち》です。帽子飾《ぼうしかざ》りが光《ひか》るのも本当《ほんとう》です。でも、その隣《となり》で、ルチアさんのたまごがたのからだが、ぼおっと水色《みずいろ》に輝《かがや》いているのは、目《め》につかないとでもいうのでしょうか。とてもきれいで、とてもおもしろい眺《なが》めだというのに……。スゥとルゥルゥは、顔《かお》を見合《みあ》わせて、ひょいと首《くび》をすくめました。

## 3章《しょう》　水色《みずいろ》の宝石《ほうせき》

その夜《よる》、台所《だいどころ》の椅子《いす》にすわって、銀《ぎん》の砂糖壺《さとうつぼ》を磨《みが》きながら、ヤンガさんがプンとした口調《くちょう》で言《い》いました。

「変《か》わった人《ひと》でしたねえ、ルチアさんて！　気《き》の毒《どく》な人《ひと》なんだと思《おも》って、あたしけっこう気《き》をつかったのに、拍子《ひょうし》ぬけしちゃいましたよ。第一《だいいち》、まるで元気《げんき》じゃありませんか」

ミルク入《い》れのほうを磨《みが》いていたエルダさんが、ものがわかった人《ひと》のようにうなずきながら、

「たいへんな人《ひと》ほど、なかなかうちとけようとしないもんなのよ。でも、いずれ苦労話《くろうばなし》を聞《き》かされることになるでしょうよ」

と言《い》いました。

スゥとルゥルゥは、そんなおしゃべりを半分《はんぶん》ほど聞《き》いたあたりで、二階《かい》にあがっていきました。奥《おく》さまのお出《で》かけの日《ひ》となると、ヤンガさんにせきたてられるまで、けっして子《こ》

ども部屋《べや》にひきとろうとせず、台所《だいどころ》でぐずぐずと遊《あそ》んでいるのが常《つね》でしたのに。

「ほんとに似《に》てる……」

スゥは、洋服簞笥《ようふくだんす》の中《なか》の引《ひ》き出《だ》しから、レース編《あ》みでできた宝石箱《ほうせきばこ》をそっととりだし、静《しず》かに蓋《ふた》をあけるなり、言《い》いました。子《こ》どもの手《て》のひらに、ちょうどおさまるくらいの水《みず》色《いろ》の玉《たま》が、キラキラと光《ひか》っていました。

ルゥルゥは、それを手《て》にとると、部屋《へや》の灯《ひ》にかざしてみながら言《い》いました。

「これをうーんと大《おお》きくしたら、そしたら、たしかにルチアさんだわ」

それは、お父《とう》さまの遠《とお》い国《くに》からのおみやげでした。「宝石《ほうせき》」とふたりは呼《よ》んでいるものの、おもちゃのガラス玉《だま》なのか、それとも、その国《くに》で採《と》れた少《すこ》しは値《ね》の張《は》る石《いし》なのか、本《ほん》当《とう》のところ、スゥとルゥルゥにはわかりませんでした。でも、そう呼《よ》ばずにはいられないようなゆたかな輝《かがや》きを、その水色《みずいろ》の玉《たま》は、たしかにもっていたのです。それを初《はじ》めてのぞいたとき、ふたりは、思《おも》いつくかぎりの言葉《ことば》で、そのゆたかさを言《い》い表《あらわ》そうとしたものでした。

「金《きん》と銀《ぎん》の粉《こな》が踊《おど》っているみたい」「海《うみ》の夕陽《ゆうひ》だって溶《と》けてるみたい」「妖精《ようせい》がため息《いき》を吹《ふ》

き込《こ》んだみたいよ」「高原《こうげん》の風《かぜ》も吹《ふ》いてるわ」

妖精《ようせい》はもちろん、海《うみ》も高原《こうげん》も、見《み》たことなどなかったのですけれど——。

こうして、水色《みずいろ》の玉《たま》は、ごく自然《しぜん》に、お父《とう》さまから聞《き》いた遠《とお》い海《うみ》の向《む》こうの話《はなし》と重《かさ》なり、ふたりの「宝石《ほうせき》」になったのでした。

玉《たま》をのぞいていたスゥが、ふと言《い》いました。

「ねえ、ルチアさんて、前《まえ》にどこかで、これと同《おな》じもの、飲《の》みこんだんじゃないのかしら？」

スゥが、一瞬《いっしゅん》考《かんが》えてから言《い》いました。

「まさか。のどにつまって、窒息《ちっそく》するわよ」

「そうだったわね。窒息《ちっそく》するんだった……」

玉《たま》にみとれていた小《ちい》さなふたりが、思《おも》わず舌《した》なめずりを始《はじ》めたときに、お父《とう》さまは、「けっして口《くち》に入《い》れないように。のどにつまって窒息《ちっそく》するからね」とさとしたのです。その言葉《ことば》を、ふたりはちゃんと覚《おぼ》えていました。

でもルゥルゥは、あきらめきれない様子《ようす》でつぶやきました。

「だけど……やっぱり飲《の》んだみたいな気《き》がするの」

するとスゥが、はっと思《おも》いついたように言《い》いました。

「ねえ、ルチアさん、遠《とお》い国《くに》から来《き》たんだと思《おも》わない？　お父《とう》さまが、これをもってきてくれた、遠《とお》い国《くに》から……。でね、その国《くに》には、こういうものの、もとがあるの。それを飲《の》んだんじゃない？」

「そうだわ。きっとそうだ。遠《とお》い国《くに》には、きっと、そういうものがあるんだわ。ルチアさん、そこから来《き》たんだわ」

遠《とお》い遠《とお》いところに、水色《みずいろ》の光《ひかり》があふれる国《くに》があり、そこで採《と》れる石《いし》も、そこを流《なが》れる水《みず》も、そして木《き》になる実《み》も、みな水色《みずいろ》に光《ひか》り、その国《くに》の人々《ひとびと》は、その水《みず》を飲《の》み、実《み》を口《くち》にし、やがて同《おな》じ輝《かがや》きをおびてくるのではないかしら……そうふたりは考《かんが》えたのでした。

「いつか行《い》ってみたいわね。そこに」

「うん、いつか、行《い》ってみたいわねえ……」

ふたりは、水色《みずいろ》の玉《たま》をみつめながら、ほおっと息《いき》をしたのです。

# 4章《しょう》　ルチアさんの災難《さいなん》

ルチアさんは、毎日時間通《まいにちじかんどお》りにかよってきて、ハミングでもしているような調子《ちょうし》で、てきぱきと働《はたら》きました。それはもう、眺《なが》めているだけで気分《きぶん》がすっとするような、楽《たの》しげな身《み》のこなしで、ルチアさんは働《はたら》くのでした。お手伝《てつだ》いさんたちの仕事《しごと》ぶりを、いじわるくたしかめるなどはもってのほか、眺《なが》めることすらほとんどしない奥《おく》さまでさえ、ぽんぽんと働《はたら》くルチアさんの姿《すがた》に、つい足《あし》を止《と》め、ほほえんだほどでした。

スゥとルゥルゥにとって、ルチアさんを眺《なが》めることには、もっと大《おお》きな意味《いみ》がありました。水色《みずいろ》に光《ひか》る、まあるいおばさんが、ほうきやモップをはずむようにしてあやつる姿《すがた》の中《なか》に、遠《とお》い国《くに》の光景《こうけい》が、木漏《こも》れ日《び》のようにちらちらするのが見《み》えるように思《おも》えたからです。けれど、そのように思《おも》えば思《おも》うほど、ふたりは、エルダさんやヤンガさんに話《はな》しかけるようには、ルチアさんに声《こえ》をかけることができないのでした。

それでもある日《ひ》、居間《いま》の時計《とけい》が午後《ごご》の休憩時間《きゅうけいじかん》を告《つ》げ、お手伝《てつだ》いさんたちが自分《じぶん》たち用《よう》のお茶《ちゃ》を用意《ようい》しはじめたとき、スゥとルゥルゥは、思《おも》いきってルチアさんに近《ちか》づきました。遠《とお》い国《くに》の話《はなし》をぜひとも聞《き》きたかったのです。

「ルチアさん」

ルゥルゥは、やっとの思《おも》いで呼《よ》びかけてから、ごくんと唾《つば》を飲《の》み、切《き》り出《だ》しました。

「ルチアさんは、船《ふね》に乗《の》って来《き》たのでしょう？」

「わたしは歩《ある》いて来《き》ましたよ」

ルチアさんは、白《しろ》いお茶用《ちゃよう》のクロスをぱんっと広《ひろ》げながら、高《たか》い声《こえ》で言《い》いました。その答《こた》えにルゥルゥが一瞬《いっしゅん》とまどったので、スゥが、助《たす》け船《ぶね》を出《だ》しました。

「今日《きょう》、この家《いえ》に来《き》た話《はなし》じゃなくて、この町《まち》にやって来《き》たときのことを言《い》ってるのよ」

「ああなるほどね」

と、ルチアさんは言《い》い、すぐに続《つづ》けて、「馬車《ばしゃ》で来《き》ました」と言《い》いました。

「え、馬車《ばしゃ》で？」

「海《うみ》の向《む》こうから？」

スゥとルゥルゥが、いっしょに言《い》いました。

「ええ、馬車《ばしゃ》で来《き》ましたよ、池《いけ》の向《む》こうからね」

「……池《いけ》の、向《む》こう？」

子《こ》どもたちは、ふたたび、きょとんとしました。「海《うみ》の向《む》こう」と「池《いけ》の向《む》こう」とでは、まあなんとちがう響《ひび》きなのでしょう。

ルチアさんは、そのあいだに、エルダさんたちとともに隅《すみ》のテーブルにつき、缶《かん》からクッキーを取《と》り出《だ》して、カゴに並《なら》べたり、ティーポットにお茶帽子《ちゃぼうし》をかぶせたりしました。丸々《まるまる》とした腕《うで》や指《ゆび》がすばやく動《うご》く様子《ようす》を少《すこ》しのあいだうっとりと眺《なが》めたあとで、ルゥルゥがたずねました。

「ねえ、その池《いけ》って、どこにあるの？」

たとえ陸続《りくつづ》きであっても、それが、遠《とお》い国《くに》の池《いけ》ならば、それはそれだ、とルゥルゥは考《かんが》えたのです。

「三本柳《さんぼんやなぎ》の池《いけ》は、この町《まち》の東《ひがし》にあります。隣町《となりまち》とのちょうど境目《さかいめ》に」

ルチアさんは、ひざの上《うえ》で両手《りょうて》をそろえて、お茶《ちゃ》が出《で》るのを待《ま》ちながら答《こた》えました。

「あらまルチアさん、生《う》まれは隣町《となりまち》？」

エルダさんが、割《わ》ってはいりました。ルチアさんが、そっけなく、

「そうです」

と答《こた》えました。

そこでルゥルゥが息《いき》を吸《す》い、もう一度《いちど》なにか言《い》おうとするのを、スゥは、そっと袖《そで》を引《ひ》っ張《ぱ》って止《と》め、ふたりは台所《だいどころ》を出《で》たのでした。


「遠《とお》い国《くに》から来《き》たんじゃなかったんだ」

「ぜったいそうだと思《おも》ったのに……」

ふだんあまり使《つか》わない、北向《きたむ》きの客間《きゃくま》にすべりこむのは、急《いそ》いで内緒話《ないしょばなし》をしたいときでした。でもそれだけ言《い》ってしまうと、ふたりは、深々《ふかぶか》と肘掛《ひじか》け椅子《いす》にすわりこんだきり、黙《だま》って顔《かお》を見合《みあ》わせました。

その客間《きゃくま》には、扉《とびら》のように裏庭《うらにわ》に出《で》られる、フランス窓《まど》がついていました。ガラスの向《む》こうには、茂《しげ》る庭《にわ》を縫《ぬ》って、細《ほそ》い小道《こみち》が続《つづ》いているのが見《み》えました。ふたりは、その道《みち》の先《さき》に目《め》をやりながら、またぽつらぽつらと口《くち》をききはじめました。

「隣町《となりまち》から来《き》たのなら、エルダさんやヤンガさんのほうが、よほど遠《とお》くから来《き》たことになるわ。あの人《ひと》たちは隣町《となりまち》のまだずっと先《さき》の、丘《おか》を越《こ》えた向《む》こうで生《う》まれたんだもの」

スゥは、どうしても納得《なっとく》がいかないというように、少《すこ》し眉根《まゆね》を寄《よ》せて言《い》いました。でもルゥルゥは、それには答《こた》えずに言《い》いました。

「水色《みずいろ》の宝石《ほうせき》って、隣町《となりまち》でも採《と》れるのかしら？」

スゥは、「ぷっ」と息《いき》をもらし、

「そうだとすると、しろくま洗濯《せんたく》のおじさんも、靴直《くつなお》しのジミーさんも、光《ひか》ってなくちゃいけないじゃない、隣町《となりまち》の人《ひと》たちだもの」

と答《こた》えました。まったく理屈《りくつ》にあった答《こた》えでした。

「じゃあ町《まち》は、関係《かんけい》ないんだわね」

「きっとね……」

ふたりはまた、フランス窓《まど》から続《つづ》く暗《くら》く陰《かげ》った小道《こみち》の先《さき》をみつめ、考《かんが》えこんだのでした。

その夜《よる》でした。おはじきを入《い》れた小袋《こぶくろ》をもって、スゥとルゥルゥが台所《だいどころ》にはいっていったちょうどそのとき、エルダさんが、めずらしく勢《いきお》いこんで話《はな》すのが聞《き》こえました。

「でもさほら、あの人《ひと》の、ひったくりの話《はなし》には、こっちの方《ほう》が驚《おどろ》いちゃったわねえ！」

ルチアさんのことにきまっていました。エルダさんもヤンガさんも、ルチアさんが光《ひか》って見《み》えることにはまるで無頓着《むとんちゃく》なのに、そのほかの点《てん》では、なにかと気《き》になるらしく、ルチアさんが帰《かえ》ってしまうと、ふたりでその日《ひ》の感想《かんそう》を述《の》べあわずにはいられないのでした。

スゥとルゥルゥは、エルダさんの言葉《ことば》にびっくりして、椅子《いす》の背《せ》に手《て》をかけたまま、流《なが》しの前《まえ》のエルダさんたちのほうを向《む》きました。エルダさんは、頭《あたま》を左右《さゆう》にブルブルとふっているところでした。すると、ポットをふいていたらしいヤンガさんが、エルダさんにぐっと近寄《ちかよ》り、

「それ、それ、エルダさん！」

と、むきになって言《い》いました。そしてきゅうに、からだをまっすぐに立《た》て、目《め》をぴんと見《み》開《ひら》いたかと思《おも》うと、頭《あたま》の先《さき》からぬけていくような高《たか》い声《こえ》でしゃべりはじめたのでした。

「『ふと見《み》たら、わたしの鳶色《とびいろ》のバッグが、前《まえ》を歩《ある》いてる緑色《みどりいろ》の服《ふく》を着《き》た、小《ちい》さなおじいさんの手《て》からぶらさがってたんですの。ところがそのおじいさん、千里靴《せんりぐつ》をはいてたとしか思《おも》えないんですの。走《はし》ってもいないのに、ひゅんっとこう、まーっすぐ、みるみる、小《ちい》さく小《ちい》さく、ちいっさくなって、しまいに消《き》えっちまったんですもの』」

ヤンガさんが言《い》い終《お》えると、エルダさんが、「やだ」と言《い》いながら、からだを折《お》り曲《ま》げて笑《わら》いました。スゥとルゥルゥも、顔《かお》を見合《みあ》わせてくすっと笑《わら》いました。ルチアさんの話《はな》し方《かた》にそっくりだったからです。

ヤンガさんは、今度《こんど》は自分《じぶん》の声《こえ》になって、意見《いけん》を言《い》いました。

「あれが、銀行《ぎんこう》にお金《かね》を預《あず》けにいく途中《とちゅう》で、ひったくりにあった人《ひと》の話《はなし》ですかねえ。あたしだったら、その場《ば》で気絶《きぜつ》しちゃいます」

「しかも、やっとためたお金《かね》だっていうじゃない」

「そこですよ。それを千里靴《せんりぐつ》だのって昔話《むかしばなし》の魔法《まほう》の靴《くつ》なんかもちだして、ずいぶんとのんびりじゃありません?」

でもふたりは、そんなふうにルチアさんのことを噂《うわさ》したあとでは、やはりいくらかばつが悪《わる》くなったのでしょう、まずエルダさんが、急《きゅう》に、しみじみした調子《ちょうし》で言《い》いました。

「きっと、ああして、つらいのをこらえてるんだわね。やっとためたお金《かね》を盗《ぬす》まれるなんて、実際《じっさい》、たいへんな災難《さいなん》だものねえ。笑《わら》ったりして悪《わる》かったわねえ、気《き》の毒《どく》に……」

するとヤンガさんの顔《かお》からも、さっきまでの少《すこ》しいじわるそうだった表情《ひょうじょう》は消《き》え、

「ほんとでしたね、ほんとになんて可哀相《かわいそう》なんでしょう。それに、お子《こ》さんをひとりで育《そだ》

てているっていうじゃありませんか。ルチアさん、ここで働《はたら》けて、ほんとによかったです
よね」

と言《い》って、涙《なみだ》さえふいたのでした。

「そりゃそうよ。前《まえ》の働《はたら》き口《ぐち》より、ここの方《ほう》がずっといいにきまってますよ」

ここへ来《き》て何日《なんにち》かたつうちに、ルチアさんもふたりの質問《しつもん》に答《こた》えて、少《すこ》しずつ身《み》の上《うえ》を話《はな》しはじめたのでしょう。最初《さいしょ》の日《ひ》にくらべたら、ルチアさんについて、ふたりはずいぶん物知《ものし》りになった様子《ようす》でした。

めったに台所《だいどころ》には姿《すがた》をあらわさない奥《おく》さまが、ぐうぜんはいってきたのは、ちょうどそのときでした。目頭《めがしら》をさっとぬぐったヤンガさんに目《め》をとめて、心配気《しんぱいげ》に首《くび》を傾《かし》げた奥《おく》さまを見《み》て、ヤンガさんは、ルチアさんのひったくりのことを話《はな》し、最後《さいご》にちょっと鼻《はな》をすすりました。

奥《おく》さまは、青白《あおじろ》い顔《かお》をいっそうくもらせてうなずきながら、

「ええ、ええ、そのことは、わたしも少《すこ》しばかりうかがっていました。本当《ほんとう》にお気《き》の毒《どく》にねえ」

と言《い》い、「みんなでよくしてあげましょうね、できるだけ」と、だれにともなく、透《す》きと

おるような声《こえ》をかけたのでした。

それから奥《おく》さまは、手《て》にした二束《ふたたば》の紅色《べにいろ》の刺繍糸《ししゅういと》を子《こ》どもたちに示《しめ》して、ふたつが同《おな》じ色《いろ》かどうか尋《たず》ねたあと、

「夜《よる》になると、微妙《びみょう》な色《いろ》が見分《みわ》けられなくて……」

と、少《すこ》し恥《は》ずかしそうにほほえみながら台所《だいどころ》を出《で》ていきました。

ふたたびポットをふきはじめたヤンガさんが、

「そりゃもちろん、よくしてあげますとも、できるだけ！」

と、勢《いきお》いよく言《い》いました。そしてすぐに、

「だけど、ひったくりにあったルチアさんのほうが、奥《おく》さまより、よっぽど元気《げんき》に見《み》えるっていうのは、どういうわけなんでしょうかねえ！」

と、やや投《な》げやりな口《くち》ぶりで付《つ》けたしたのでした。

## 5章《しょう》　ルチアさんを追《お》って

その夜《よる》、スゥとルゥルゥは、ベッドにはいったあともなかなか寝《ね》つかれませんでした。ルチアさんのひったくりの話《はなし》に、心《こころ》が躍《おど》っていたからです。それはふたりにとって、恐《おそ》ろしいことでも気《き》の毒《どく》なことでもなく、ただもう、不思議《ふしぎ》で、わくわくするようなことに思《おも》えたのでした。千里靴《せんりぐつ》をはいた緑色《みどりいろ》の服《ふく》のおじいさんが、ルチアさんの鳶色《とびいろ》のバッグを下《さ》げて、みるみる小《ち》さくなっていく場面《ばめん》を思《おも》ってみると、えも言《い》われぬ、楽《たの》しい気《き》がしたのです。

ルゥルゥが、となりに寝《ね》ているスゥに、そっと話《はな》しかけました。

「ねえスゥ、あたし、ひったくりって、本当《ほんとう》は、もっとちがうもんだと思《おも》うの。ルチアさんのひったくりだけ、どうしてあんなに楽《たの》しい感《かん》じがするのか、あんたわかる?」

「あんたは、わかるの?」

と、スゥが天井《てんじょう》を向《む》いたままで聞《き》きました。

「あたしね、あの人《ひと》が光《ひか》っているせいだと思《おも》うの」

ルゥルゥがそう答《こた》えたとたん、スゥはルゥルゥのほうに、勢《いきお》いよく寝返《ねがえ》って、言《い》いました。

「それとこれと、どういう関係《かんけい》があるわけ？　光《ひか》ってたから目《め》についって、ひったくりにねらわれたってこと？」

詰《つ》め寄《よ》るような聞《き》き方《かた》をしたのは、スゥもまた、そのことを考《かんが》えていながら、つながりをみつけ出《だ》せずにいたからでした。

「んん、そういうわけじゃなくて……ほら、ルチアさんって、うれしいみたいに、楽《たの》しいみたいに、光《ひか》ってるじゃない？　あたしたちの宝石《ほうせき》みたいにね？　だから、同《おな》じひったくりでも、ルチアさんに起《お》こると、うれしいような楽《たの》しいような、そういうひったくりになっちゃうんじゃないかしら……」

ルゥルゥが、言葉《ことば》をつぎながら、いっしょうけんめいに言《い》おうとしているのを聞《き》いているうちに、ああなるほど、きっとそういうことなんだわ、とスゥもまた思《おも》ったのでした。

スゥは、暗闇《くらやみ》の中《なか》でくっきりとあいたルゥルゥの目《め》を、まっすぐにのぞき、

「あんたの言《い》うとおりだと思《おも》う」

と答《こた》えたのです。
そしてふたりは、遠《とお》い国《くに》から来《き》たのではないルチアさんが、どうしてあの、遠《とお》い国《くに》の水《みず》色《いろ》の宝石《ほうせき》のように光《ひか》っているのか、それをどうしても知《し》りたいと思《おも》ったのでした。

次《つぎ》の日《ひ》の夕方《ゆうがた》、ルチアさんが帰《かえ》り支度《じたく》を始《はじ》めたとき、スゥとルゥルゥは、そっと目《め》くばせしました。ルチアさんの後《あと》をつけようと、ふたりはゆうべ、ベッドの中《なか》できめたのです。そっと後《あと》をつけていって、家《いえ》をたしかめて……。それから先《さき》のことは、またそれから考《かんが》えるつもりでした。とにかく、この屋敷《やしき》の中《なか》だけで、ルチアさんをどんなによくみつめても、なにもわからないと考《かんが》えたふたりは、冒険《ぼうけん》をしようときめたのでした。

北向《きたむ》きの客間《きゃくま》へは、二階《かい》の子《こ》ども部屋《べや》から、裏階段《うらかいだん》をおりてはいることができました。ふたりは、昼《ひる》のうちに、フランス窓《まど》のわきにマントをおいておきました。この冒険《ぼうけん》がうまくいくように、そして勇気《ゆうき》を与《あた》えてくれるように、水色《みずいろ》の玉《たま》をマントのポケットにしのばせることも忘《わす》れませんでした。

ルチアさんが帰《かえ》るときには、エルダさんとヤンガさんが玄関《げんかん》に並《なら》んで送《おく》りだします。その横《よこ》でスゥとルゥルゥも、門《もん》の方《ほう》へと歩《ある》いていくルチアさんの後《うし》ろ姿《すがた》に向《む》かい、いつも

と変《か》わりない様子《ようす》で手《て》をふりました。それから、あとのみんなにちゃんとわかるような、はっきりした声《こえ》で、

「さ、お部屋《へや》でさっきの続《つづ》きの絵《え》をかきましょうよ！」

と言《い》いあって、階段《かいだん》をのぼり、音《おと》をたてて、子《こ》ども部屋《べや》のドアをしめたのです。

さあ、それからふたりは、今度《こんど》は音《おと》をたてずに大急《おおいそ》ぎでべつのドアをあけて裏階段《うらかいだん》をかけおり、北向《きたむ》きの客間《きゃくま》めがけて走《はし》り、中《なか》にはいるやマントをつかみ、フランス窓《まど》をあけて、外《そと》に飛《と》びだしたのでした。

裏庭《うらにわ》の小道《こみち》を駆《か》けぬける途中《とちゅう》でマントをはおり、木々《きぎ》に身《み》をかくすようにして前庭《まえにわ》へとすすんでいくと、ぼんやり光《ひか》った水色《みずいろ》のルチアさんが、門《もん》の外《そと》を歩《ある》いているのが、柵《さく》ごしに見《み》えました。

「行《い》こう！」

ふたりは門《もん》からではなく、柵《さく》のすきまをすりぬけて外《そと》に出《で》ました。柵《さく》には一か所《しょ》だけ、わずかに間隔《かんかく》の広《ひろ》いところがあるのです。からだがそこを通《とお》るかどうか、ふたりは昼間《ひるま》のうちにたしかめていました。

夕暮《ゆうぐ》れの道《みち》を、ルチアさんは、きらきら光《ひか》りながら進《すす》んでいき、そのずっと後《うし》ろを、

スゥとルゥルゥが進《すす》みました。光《ひか》っているおかげで、遠《とお》くからでも見失《みうしな》うことがありません。夕闇《ゆうやみ》がだんだん濃《こ》くなっても、ルチアさんの光《ひかり》のおかげで、ふたりは少《すこ》しも怖《こわ》いとは思《おも》いませんでした。ふたりが、ふたりだけで外《そと》に出《で》たのは、じつにこれが初《はじ》めてだったというのに。

塀《へい》をめぐらしたお屋敷《やしき》の並《なら》びはいつのまにかとぎれ、石《いし》づくりの建物《たてもの》がすきまなしに並《なら》ぶ、古《ふる》びた通《とお》りがはじまりました。そこは、行《い》きかう人《ひと》の多《おお》い、明《あか》るい通《とお》りでした。どの建物《たてもの》にもはめこみ窓《まど》があり、香水瓶《こうすいびん》や、絨毯《じゅうたん》や、あるいは色《いろ》とりどりの野菜《やさい》や果物《くだもの》、それに巨大《きょだい》なチーズのかたまりなどが、人々《ひとびと》の目《め》を楽《たの》しませていました。包《つつ》みをかかえた人《ひと》が、方々《ほうぼう》のドアから出《で》てくる姿《すがた》を目《め》にするうちに、初《はじ》めて来《く》るふたりにも、ははあ、ここはお店《みせ》の並《なら》ぶ通《とお》りなのだわ、とわかり、にぎわいにつられて、心《こころ》なし、うきうきとした足《あし》どりになるのでした。

でもふたりは、うっかりすると目《め》をうばわれそうな、きらびやかなウインドウの横《よこ》を行《い》くときにも歩調《ほちょう》をゆるめず、ただまっすぐに、ルチアさんの姿《すがた》を追《お》いつづけました。ルチアさんもまた、どこの店《みせ》にも立《た》ちよらずに、同《おな》じ調子《ちょうし》で歩《ある》きつづけたからです。

ルチアさんの光《ひかり》だけを目印《めじるし》に、黙々《もくもく》と歩《ある》きつづけたふたりがふと気《き》づいたとき、あたりの様子《ようす》は、さっきとはずいぶんちがっていました。石畳《いしだたみ》だった道《みち》は、いつしか、小石《こいし》がごろごろした細《ほそ》い道《みち》に変《か》わっており、しかもそれは、折《お》れ曲《ま》がりながら、少《すこ》しずつ上《うえ》へ上《うえ》へとのぼっていく、丘《おか》の道《みち》なのでした。地崩《じくず》れをふせぐためでしょう、路肩《ろかた》がところどころ石垣《いしがき》で固《かた》められていましたが、それもずいぶんと朽《く》ちていましたし、石《いし》の隙間《すきま》から草《くさ》が生《は》え出《で》ていたり、やせた木《き》が、たまたま一本《ぽん》立《た》っていたりするのもさびしげでした。

建物《たてもの》の黒《くろ》い輪郭《りんかく》も、いくつか見《み》えました。どれも人気《ひとけ》のない小屋《こや》のようでした。と思《おも》うと、とつぜんどこかの小屋《こや》に明《あ》かりがともり、それが、だれかの住《す》まいだと気《き》づかせてくれるのでした。それでもまだ、夜《よる》というほどの暗《くら》さにはいたらず、群青色《ぐんじょういろ》の空《そら》がゆっくりとおりてきて、あたりを今《いま》ようやく覆《おお》いつくしたところでした。もう、行《い》く人《ひと》も来《く》る人《ひと》もありません。ただルチアさんだけが、丸《まる》くぼうっと青白《あおじろ》く光《ひか》って、先《さき》へ、先《さき》へと進《すす》んでいくのでした。

ふたりは、きつく手《て》をにぎり——スゥは片方《かたほう》の手《て》でポケットの中《なか》の宝石《ほうせき》をにぎりました——ハアハアと荒《あら》い息《いき》をつきながら、ただもうその光《ひかり》だけを追《お》いかけて、進《すす》みました。それ以外《いがい》にふたりにできることもありませんでした。

その時《とき》、青白《あおじろ》い光《ひかり》が動《うご》きをやめました。と見《み》るや、小《ちい》さな建物《たてもの》の中《なか》にすいこまれるようにして、ふいに消《き》えたのでした。そこでふたりは、石《いし》くれの道《みち》を力《ちから》をふりしぼってかけあがり、たしかに消《き》えた家《いえ》のあたりで、はじめて立《た》ち止《ど》まったのです。

そのとたん、ふたりは、あたりがどんなに暗《くら》く、どんなにさびしげか、そして自分《じぶん》たちが、どんなに遠《とお》くまで来《き》てしまったのかということに、はたと気《き》づいて、言《い》いようのない不安《ふあん》にとらわれました。目《め》の前《まえ》の、ひしゃげた屋根《やね》の小《ちい》さな家《いえ》が、たしかにきっとルチアさんの家《いえ》なのだとわかっていても、かたく閉《と》ざされた木《き》の扉《とびら》は、ふたりには、なにか恐《おそ》ろしい物《もの》のようで、近《ちか》づいていくことができません。入《い》り口《ぐち》のあたりに積《つ》まれた石《いし》や、鍬《くわ》やシャベルも、ふたりの不安《ふあん》をかきたてました。

と、そのとき、思《おも》わぬほうで、ゴトッと物音《ものおと》がしました。ふたりは、たがいにぎゅっとだきあいました。心臓《しんぞう》がとびだしていきそうでした。

「だれ？　あんたたち」

ささやくような声《こえ》がして、家《いえ》のわきの木戸《きど》の向《む》こうに、だれかが現《あらわ》れたのです。

# 6章《しょう》　ボビー

それは、ぼさぼさの髪《かみ》を肩《かた》までたらした、ふたりよりかなり年上《としうえ》らしい少女《しょうじょ》でした。少女《しょうじょ》は道《みち》に出《で》てくる様子《ようす》もなく、木戸《きど》のへりに肘《ひじ》をのせたまま、大《おお》きな目《め》でふたりをかわりばんこにみつめ、やがて、低《ひく》いけれど、親《した》しみのある声《こえ》で言《い》いました。

「もしかして、あんたたち、たそがれ屋敷《やしき》の子《こ》？　うちのお母《かあ》さんに用《よう》でもあるの？」

そのとたんふたりは、まっしぐらに木戸《きど》にかけより、少女《しょうじょ》を見上《みあ》げて、吐《は》きだすように言《い》いました。

「ルチアさんの子《こ》なのね！　ああ、あのね、あたしたち、ルチアさんをずっとずっと追《お》いかけてきたの。でもルチアさんに用事《ようじ》があるんじゃないの。あたしたち……あのね。ルチアさん、光《ひか》ってるでしょ？　そのわけがどうしても知《し》りたくて、それで、ずっとずっと追《お》いかけてきたの！」

スゥに続《つづ》けてルゥルゥも言《い》いました。

「そう、ずっと追《お》いかけてきたの！　ね、おしえておしえて？　ルチアさんは、どうしていつでもあんなふうに光《ひか》ってるの？」

少女《しょうじょ》は、痩《や》せた小《ちい》さな女《おんな》の子《こ》たちが、すがるように自分《じぶん》をみつめながら必死《ひっし》で話《はな》しかける、その様子《ようす》に驚《おどろ》いて、つい、ふんふんとうなずきました。けれど、子《こ》どもたちの言《こと》葉《ば》の意味《いみ》は、わからなかったのです。

（光《ひか》っているって、なんのことだろう？）

少女《しょうじょ》が考《かんが》えをめぐらせたのは、ほんの数秒《すうびょう》にすぎなかったのに、それさえ待《ま》ちきれずに、ルゥルゥが、スゥをつついて言《い》いました。

「ねえスゥ、見《み》せてあげない？　宝石《ほうせき》」

「うん」

スゥは、マントのポケットから水色《みずいろ》の玉《たま》をすばやく取《と》り出《だ》して、少女《しょうじょ》にさしだしました。

「明《あ》かりのほうに向《む》ければわかるはずよ。だいじな宝物《たからもの》なんだけど、これ、ルチアさんにそっくりだと思《おも》うの。形《かたち》も色《いろ》も光《ひか》り方《かた》も……」

ルゥルゥがあとを引《ひ》き受《う》けました。

「ルチアさんが、どうしてそれに似《に》てるのか、あたしたちそれが知《し》りたいの」

少女《しょうじょ》は、家《いえ》から洩《も》れる光《ひかり》に水色《みずいろ》の玉《たま》をかざしてみました。するとそれは、まあなんときれいに輝《かがや》いて見《み》えたでしょう。これほどにきれいな物《もの》、本物《ほんもの》の宝石《ほうせき》と言《い》ってもいいような物《もの》を、少女《しょうじょ》はまだ見《み》たことがありませんでした。

「きれい……」

少女《しょうじょ》がため息《いき》とともに、そうつぶやくやいなや、

「ね、ルチアさんに似《に》てるでしょ」

と、ルゥルゥが詰《つ》め寄《よ》りました。

少女《しょうじょ》は、玉《たま》をかざしたままうなずきました。たまごがたの輪郭《りんかく》だけは、たしかにふっくら太《ふと》った自分《じぶん》の母親《ははおや》を思《おも》わせましたし、一枚《まい》きりのあの水色《みずいろ》のコートを着《き》ているときには、なおさら似《に》ている気《き》がしました。

「ああ、やっぱり！　ねえ、ルチアさん、なにかを飲《の》んでるんでしょう？　そんなふうに光《ひか》る水色《みずいろ》のもの」

少女《しょうじょ》は、ゆっくりとふたりに視線《しせん》をうつしました。水色《みずいろ》のなにかを飲《の》んでるか、ですって？　この子《こ》たちは、いったいぜんたい、なにを言《い》ってるのだろう……？　でも、ふ

たりの妙《みょう》に白《しろ》いきれいな顔《かお》や、夜目《よめ》にもわかる、上等《じょうとう》そうなしなやかなマントを見《み》たとき、ちょっぴりからかってみたいような、いたずらな小鬼《こおに》が、少女《しょうじょ》の心《こころ》の隅《すみ》でうごめいたのです。

「うん、飲《の》んでるわ……。すごくきれいな水色《みずいろ》のもの」

少女《しょうじょ》は、そう答《こた》えて、くすっと笑《わら》いました。ふたりは、はっと息《いき》を止《と》め、ますます食《く》い入《い》るように少女《しょうじょ》をみつめました。

「金《きん》と銀《ぎん》の粉《こな》が、きらきら踊《おど》ってるみたいな水色《みずいろ》のもの？　海《うみ》の夕陽《ゆうひ》が溶《と》けてるみたいな……」

スゥが、身《み》をのりだしながらささやくように言《い》うと、ルゥルゥも、同《おな》じように、あとを続《つづ》けました。

「それに、妖精《ようせい》のため息《いき》と、高原《こうげん》の風《かぜ》がまじってるみたいな？」

少女《しょうじょ》は、子《こ》どもたちの言葉《ことば》にあきれ、なんと答《こた》えてよいのかわからないまま、もう一度《いちど》水色《みずいろ》の玉《たま》をのぞいてみました。見《み》れば見《み》るほど美《うつく》しい水色《みずいろ》です。たった今《いま》、子《こ》どもたちが並《なら》べたものが、みな詰《つ》め込《こ》まれているような、ゆたかな水色《みずいろ》です。

（こんなものを、お母《かあ》さんが飲《の》んでるわけないじゃないの……）

少女《しょうじょ》が、そう思《おも》ったちょうどその時《とき》、どちらかの子《こ》が言《い》いました。

「あたし、見《み》てみたいわ、ルチアさんが、それ飲《の》んでるところ」

少女《しょうじょ》が驚《おどろ》いてふたりの方《ほう》を向《む》くと、真剣《しんけん》そのものの大《おお》きな瞳《ひとみ》が四つ、自分《じぶん》をじっとみつめているのでした。

そのとき、家《いえ》の中《なか》から、まのびしたような声《こえ》、まぎれもないルチアさんの声《こえ》がしました。

「ボビー、ボビー」

すると少女《しょうじょ》は、家《いえ》に向《む》かって、

「おかあさーん、ちょっと待《ま》ってて！」

と叫《さけ》び返《かえ》しました。それから、両方《りょうほう》の手《て》のひらで水色《みずいろ》の玉《たま》を包《つつ》み込《こ》み、少《すこ》し考《かんが》えてから、もう一度《いちど》、叫《さけ》びました。

「ポリーに、算数《さんすう》のこと聞《き》いてくるわ！　ちょっとかかるかもしれないけど、心配《しんぱい》しないでね！」

そして、

「あんたたち、とにかく今日《きょう》はもうお帰《かえ》り。送《おく》ってってあげるから。もうまっ暗《くら》だもんね」
とささやき、やっと木戸《きど》をあけて出《で》てきたのでした。

# 7章《しょう》　夜道《よみち》

「ポリーって『はとこ』なの。ああ言《い》っとけばだいじょうぶよ。で、わたしは、聞《き》こえたと思《おも》うけどボビーっていうの。それにしてもあんたたち、こんな遠《とお》くまでよく来《き》たわね。《たそがれ屋敷《やしき》》って、町《まち》を越《こ》えた向《む》こうがわでしょう？」

ボビーは、話《はな》しているあいだじゅう、手《て》のひらの中《なか》で玉《たま》をころがしながら、胸《むね》をそらして坂道《さかみち》をおりていきました。低《ひく》い声《こえ》といい、大《おお》きな黒《くろ》い目《め》や骨張《ほねば》った姿《すがた》といい、ルチアさんに似《に》ているところは、ひとつもないように見《み》えました。

スゥとルゥルゥは、さっそうと歩《ある》くボビーに追《お》い付《つ》こうと小走《こば》しりになりながら、ボビーの両《りょう》わきで背伸《せの》びをし、もう待《ま》ちきれずに、つぎつぎと質問《しつもん》を投《な》げました。

「それでねボビー、ルチアさんの飲《の》んでるものって、どんなものなの？　ソーダ水《すい》みたいなもの？」

「どこかで売《う》ってるものなの？」

「ボビーも飲《の》んだことがあるの？」

「ルチアさんがそれ飲《の》むとこ、ボビーは、いつも見《み》てるの？」

「お茶《ちゃ》の時《とき》に飲《の》むの？」

ボビーは、ちょっと肩《かた》をすくめるような格好《かっこう》をしたまま、どの質問《しつもん》についても、なにも答《こた》えず笑《わら》っていましたが、

「ふうん、そうねえ……」

と言《い》って、大《おお》きく息《いき》をついてから、押《お》し殺《ころ》したような声《こえ》で話《はな》しはじめたのでした。

「あのね、お母《かあ》さんがそれを飲《の》むのは真夜中《まよなか》なの。だから言《い》っとくけど、あんたたちが見《み》るのは無理《むり》よ。あたしだって、何度《なんど》も見《み》たわけじゃないんだし。……あるとき目《め》をさまして、ほんのちょっと台所《だいどころ》の戸《と》をあけたらね……そしたらお母《かあ》さんが、きれいなきれいな水色《みずいろ》のジュースを飲《の》んでるところが見《み》えたってわけ」

自分《じぶん》の方《ほう》をじっと見上《みあ》げるふたりのまなざしを感《かん》じて、ボビーは、そっと笑《わら》いをかみ殺《ころ》しました。そして、すぐに言《い》いたしました。

「でもこのことは内緒《ないしょ》よ。あたし、こっそり見《み》たんだし、お母《かあ》さんは、見《み》られたとは思《おも》ってないんだもの。これって、お母《かあ》さんの秘密《ひみつ》なんだと思《おも》う。だって、あんな真夜中《まよなか》に、

こっそり飲《の》むってのが、証拠《しょうこ》でしょ。……だから、どこで買《か》ったかなんて知《し》らないわ。でも、いい？　とにかく、このことは、あたしたちだけの秘密《ひみつ》にしてね。お母《かあ》さんはもちろんだけど、ほかの人《ひと》にも話《はな》さないでね」

スゥとルゥルゥは、暗《くら》い道《みち》の先《さき》を見据《みす》えながら、

「話《はな》さない」

「あたしも話《はな》さない」

とつぶやきました。

それからしばらく、三人《にん》は黙《だま》って歩《ある》きました。街灯《がいとう》の下《した》にさしかかるたび、ボビーは、手《て》の中《なか》の玉《たま》を光《ひかり》に照《て》らし、そのたびに、ほうっと息《いき》をつきました。

「きっれいねえ……すごいもの持《も》ってんのね。これ、どこかで買《か》ったの？」

「ううん。お父《とう》さまの遠《とお》い遠《とお》い海《うみ》の向《む》こうのおみやげよ。お父《とう》さま、また行《い》ってるの。もう、ずっと行《い》ってるの……」

ルゥルゥが答《こた》えると、

「だからあたしたち、ルチアさんて、そこで生《う》まれたんだと思《おも》ったの。でもちがったのよね」

と、スゥが続《つづ》けました。ボビーは、ぜんぜんちがうわというように笑《わら》って首《くび》をふりながら、

「隣町《となりまち》で生《う》まれてから、小《ちい》さい時《とき》に、親戚一同《しんせきいちどう》で馬車《ばしゃ》でこっちに越《こ》してきたんだって。こんなきれいなものがある遠《とお》い海《うみ》の向《む》こうになんか、行《い》ったこともないはずよ」

と言《い》い、また玉《たま》をのぞきました。

不意《ふい》にルゥルゥが、きっぱりした調子《ちょうし》で言《い》いました。

「真夜中《まよなか》だってかまわない。あたし、ルチアさんが、それを飲《の》むところが、どうしても見《み》てみたい。ねえボビー、真夜中《まよなか》に連《つ》れてってくれない?」

すると、スゥも続《つづ》けました。

「あたしも見《み》たい。真夜中《まよなか》だって、かまわない。ねえ、連《つ》れてって」

ボビーがあわててしゃべりかけたのをさえぎって、スゥが重《かさ》ねて言《い》いました。

「連《つ》れてってくれるなら、そのときまで、その宝石《ほうせき》、貸《か》してあげる。ね? ルゥルゥ?」

ルゥルゥも、勢《いきお》いよく、うなずきました。

ボビーはつい足《あし》を止《と》めました。ふたりの願《ねが》いなど、かなえられるわけがありません。でも、そう約束《やくそく》すれば、そのときまで、これが自分《じぶん》のものになるのです。このきれいな水色《みずいろ》

の玉《たま》が。

「……うん、いいわ。連《つ》れてってあげる」

ボビーはそう言《い》うなり、スカートのポケットに、玉《たま》をしまったのでした。

屋敷《やしき》がだんだん近《ちか》づいてきたころ、スゥは、もういちど念《ねん》を押《お》しました。

「ぜったいよ、こんどの土曜《どよう》の夜《よる》十一時《じ》、ぜったいに来《き》てね！」

「忘《わす》れないでね！」

ルゥルゥも念《ねん》を押《お》しました。ボビーは笑《わら》い、

「だいじょうぶ！ あたしはちゃんと来《く》るわ。それに、あんたたちが、うっかりねむっちゃって出《で》てこられなかったとしても、べつに気《き》を悪《わる》くしないわ。そのかわり、これ返《かえ》せないけどね」

と言《い》いました。

「あたし、ぜったいねむらない！」

「あたしもぜったいねむらない！」

ふたりは、ボビーを見《み》あげてそう誓《ちか》うと、《たそがれ屋敷《やしき》》の少《すこ》し手前《てまえ》の街灯《がいとう》の下《した》で、

手《て》をふって別《わか》れたのでした。

それからふたりは、子《こ》どもがいないといって騒《さわ》ぎたてている屋敷《やしき》の中《なか》へ、来《き》たときと反《はん》対《たい》の順《じゅん》ではいりこみ、子《こ》ども部屋《べや》のベッドに突進《とっしん》すると、空腹《くうふく》だったことも忘《わす》れて、どっとねむりにおちたのでした。


ボビーは、もともと、ひとりで夜道《よみち》を歩《ある》くのなんかへいちゃらでした。それに、左右《さゆう》のポケットにつっこんだ手《て》でこぶしを作《つく》り、ちょっぴり背中《せなか》をまるめるか、わざと肩《かた》をそびやかし、口笛《くちぶえ》を吹《ふ》いたりしながら歩《ある》くには、夜道《よみち》の方《ほう》がいっそうぴったりに思《おも》えて好《す》きでした。そのうえ今《いま》は、こぶしの中《なか》に、玉《たま》がはいっているのです。あらよあらよという間《ま》に、ひとりでに転《ころ》がり込《こ》んできた宝物《たからもの》……。すぐに返《かえ》すとわかっていても、うれしくて、うきうきしました。

(あんなに簡単《かんたん》に、だまされちゃうとはね！　あの子《こ》たちったら)

ボビーは、ひょいと肩《かた》をすくめました。でも、いろんなことは、みな、なんとかなる、と思《おも》えるたちだったので、子《こ》どもたちとの約束《やくそく》のことも、もうさっそく、おおように考《かんが》え直《なお》していました。「毎晩《まいばん》飲《の》むとはかぎらないって言《い》ったでしょ」と言《い》いさえすればいいのです。それに、ひょっとすると――ほんとに、ひょっとすると、ですけれど――うまくいくかもしれないのでした。というのは、ボビーはある晩《ばん》――かなり小《ちい》さいときのことでしたが、たしかに真夜中《まよなか》だったと思《おも》います。ねぼけまなこで手洗《てあら》いに立《た》ったときのことでしたから――お母《かあ》さんが、本当《ほんとう》に台所《だいどころ》で、なにかを飲《の》んでいるところを見《み》かけたことがあったのです。

（土曜日《どようび》の晩《ばん》も、またそうしてくれると、ちょうどいいんだけどな。コップの中身《なかみ》なんか、どうせ見《み》えっこないいんだし）

ボビーは、そう考《かんが》えながら、しんとした商店街《しょうてんがい》を通《とお》りぬけていきました。

（それにしても、あの子《こ》たち、いったいぜんたい、なに言《い》ってるんだろう）

首《くび》をひねらずにいられないのは、そこでした。子《こ》どもたちがくり返《かえ》す、『ルチアさんが光《ひか》ってる』という言葉《ことば》の意味《いみ》が、ボビーには、とんとわからなかったのです。お母《かあ》さんが光《ひか》って見《み》えたことなど、一度《いちど》だってなかったのですから。

「へーんな子《こ》たち！　ま、どうだっていいけど」

ボビーは、ひとりごとを言《い》うと、まっ暗《くら》のさびしい道《みち》を一気《いっき》にのぼり、あとはスキップで、家《いえ》の裏木戸《うらきど》までたどりついたのでした。

# 8章《しょう》　真夜中《まよなか》の台所《だいどころ》

土曜日《どようび》の夜《よる》でした。スゥとルゥルゥはいつもと変《か》わりなくベッドにはいり、ヤンガさんが、ふとんの襟《えり》をぎゅっと押《お》しつけるのに合《あ》わせて、ぎゅっと目《め》をつぶりました。こうした子《こ》どもたちの世話《せわ》は、ヤンガさんの担当《たんとう》でした。

「この前《まえ》みたいなことは、ほんとにもうたくさんですよ！　家《いえ》じゅうさんざん捜《さが》し回《まわ》って、最後《さいご》にもう一度《いちど》ここに来《き》てみたら、服《ふく》のままで、ベッドの中《なか》にいるんですもの、びっくりするやら、うれしいやら、あたしは、からだじゅうの力《ちから》がへなへな抜《ぬ》けましたよ、まったく！」

この前《まえ》の騒動《そうどう》があって以来《いらい》、ヤンガさんは、いっそうまめに子《こ》どもたちの世話《せわ》をやくようになりました。あのときは、ずいぶんあわてたらしいのです。それでも、いなくなった時間《じかん》は、実際《じっさい》よりもずっと少《すく》なく見積《みつ》もられていました。夕食《ゆうしょく》の支度《したく》が整《ととの》い、子《こ》どもたちを呼《よ》びに来《き》てみて初《はじ》めていないことに気《き》づいたときには、ふたりはもう、ルチアさんの家《いえ》の前《まえ》に立《た》っていたのですから。

「最後《さいご》にもう一度《いちど》子《こ》ども部屋《べや》を見《み》て、それでいなかったら警察《けいさつ》を呼《よ》ぶことになってたんですからね！　いったい、どこに隠《かく》れてたんです？　広《ひろ》い家《いえ》も、困《こま》りもんですよ、まったく！」

あの日以来《ひいらい》、何度《なんど》も聞《き》かれたことをまた聞《き》かれて、スゥは、

「庭《にわ》の物置《ものおき》」

と答《こた》え、ルゥルゥは、

「屋根裏《やねうら》」

と答《こた》えて笑《わら》いました。

「おやまあ！　きのうの返事《へんじ》は洋服簞笥《ようふくだんす》と洗濯部屋《せんたくべや》、おとといの返事《へんじ》は納戸《なんど》と書斎《しょさい》。からかわないでくださいな！」

ヤンガさんはプンプンしながら、ふとんの襟《えり》をぎゅっと押《お》しつけ、

「さあこれでよし。今日《きょう》は無事《ぶじ》に終《お》わった。やれやれ、安心《あんしん》！」

と、息《いき》をつきました。そして、小《ちい》さな明《あ》かりをひとつ残《のこ》して、子《こ》ども部屋《べや》を出《で》ていきました。

これで安心《あんしん》とは、まったくのんきな話《はなし》でした。ふたりはベッドから出《で》ると、着《き》たばかりの寝間着《ねまき》をぬぎ、服《ふく》に着替《きが》えてまたベッドにはいりました。そして、ぜったい、ねむってしまわないように、延々《えんえん》と続《つづ》くしりとりをしました。

とうとう、あと十分《ぷん》で十一時《じ》、というときまで、しりとりを続《つづ》けたあと、ふたりはむっくりとベッドから起《お》きだし、マントをかかえ、忍《しの》び足《あし》で裏階段《うらかいだん》をおりていったのです。

街灯《がいとう》の下《した》に、ボビーはもう立《た》っていました。

「来《こ》ないかと思《おも》った？」

スゥが聞《き》くと、ボビーが「まあね」と答《こた》えたので、ふたりは得意《とくい》でした。

三人《にん》は、しんと静《しず》まりかえった深夜《しんや》の道《みち》を、言葉少《ことばすく》なに歩《ある》いていきました。ときおり、葉《は》の茂《しげ》った大《おお》きな木《き》が、風《かぜ》に吹《ふ》かれてシャシャラッと音《おと》をたて、どこかの犬《いぬ》の遠吠《とおぼ》えが、ウオーン……とさびしくひびきました。

でも、いよいよこれから、ルチアさんの光《ひかり》の秘密《ひみつ》をのぞくのだと思《おも》うと、暗闇《くらやみ》を歩《ある》く一歩一歩《いっぽいっぽ》が、もうその始《はじ》まりのようで、ふたりは、心細《こころぼそ》さをおぼえることさえなく、歩《ある》きつづけたのです。そんなふたりの緊張《きんちょう》が伝《つた》わってくるたび、ボビーは、念《ねん》を押《お》しました。

「期待《きたい》しちゃだめよ。毎晩《まいばん》飲《の》むわけじゃないんだからね」

家《いえ》までようやくたどりつくと、ボビーはそっと木戸《きど》をあけ、ふたりを中《なか》にいれました。それから三人《にん》は、積《つ》まれた木箱《きばこ》や手押《てお》し車《ぐるま》のあいだを、ひとりずつ慎重《しんちょう》に通《とお》りぬけながら進《すす》みました。ぜったいに音《おと》をたてないようにしなければなりません。そうやって三人《にん》は、家《いえ》の裏手《うらて》にまわりました。窓《まど》の光《ひかり》に照《て》らされた裏庭《うらにわ》の木立《こだち》が、そこだけ明《あか》るく見《み》えました。

ボビーは、「しめた」と思《おも》いながら、背《せ》をかがめて窓《まど》の下《した》にしのびよると、ひそひそ声《ごえ》でふたりを呼《よ》びました。

「あんたたちってついてるわ。お母《かあ》さん、今日《きょう》は飲《の》むかもしれない。さ、こっちよ。背《せ》がとどかなかったら、これに乗《の》っかって」

そして、足《あし》もとの木箱《きばこ》を示《しめ》しました。

「もう、のぞいていいの？」

ひそひそ声《ごえ》でスゥが聞《き》くと、ボビーは中《なか》に目《め》をこらし、オーケーよというように、うなずきました。

そこでふたりは並《なら》んで木箱《きばこ》に乗《の》り、ボビーはその後《うし》ろに立《た》ったのです。

そこは、《たそがれ屋敷《やしき》》の台所《だいどころ》とはまるでちがう、せまい作業場《さぎょうば》のようなところでした。部屋《へや》の真《ま》ん中《なか》には木《き》のテーブルがあり、ポットや壺《つぼ》や、なにかしらの小物《こもの》が無造作《むぞうさ》にのっていました。水《みず》の入《はい》ったコップもあります。壁《かべ》には、お鍋《なべ》がいくつもぶらさがり、それと並《なら》んで、古《ふる》びた食器戸棚《しょっきとだな》がたっていました。ルチアさんは、ちょうどその前《まえ》で踏《ふ》み台《だい》に乗《の》り、きらきら光《ひか》る後《うし》ろ姿《すがた》をこちらに向《む》けながら、手《て》をのばし、いちばん上《うえ》の扉《とびら》の取《と》っ手《て》を回《まわ》していました。扉《とびら》があいたとき、中《なか》に、大《おお》きな広口瓶《ひろくちびん》が置《お》いてあるのが見《み》えました。半分《はんぶん》くらいのところまで水色《みずいろ》のものが入《はい》り、静《しず》かにきらきら光《ひか》っています。

ルチアさんは、慎重《しんちょう》に瓶《びん》をかかえて踏《ふ》み台《だい》からおりると、テーブルにつきました。それから瓶《びん》の蓋《ふた》の止《と》め金《がね》をはずし、柄《え》の長《なが》い銀色《ぎんいろ》のフォークで、まばゆく光《ひか》る水色《みずいろ》の玉《たま》のひとつを刺《さ》して取《と》りあげました。スゥとルゥルゥの水色《みずいろ》の玉《たま》、そっくりに見《み》えました。……そう、金《きん》と銀《ぎん》の粉《こな》が舞《ま》い踊《おど》り、海《うみ》の夕陽《ゆうひ》と、妖精《ようせい》のため息《いき》と、高原《こうげん》の風《かぜ》とが、ぜんぶ詰《つ》まっているような、いえ、それ以上《いじょう》に美《うつく》しいかもしれない、水色《みずいろ》の玉《たま》……。

ルチアさんは、水《みず》のはいったガラスのコップの中《なか》にそれをぽとんと落《お》とすと、そのフォークで、くるくるくると混《ま》ぜました。たちまち、玉《たま》に詰《つ》め込《こ》まれていたすべてのものが解《と》き放《はな》たれたように、コップの中全体《なかぜんたい》が、透《す》きとおって輝《かがや》く水色《みずいろ》に変《か》わりました。

そしてルチアさんは、ひと口《くち》、またひと口《くち》と、それを飲《の》んだのでした。ルチアさんは、そのたびに、きらっきらっと強《つよ》く光《ひか》ったようでした。きらっきらっ…きらっ…きらっ……。

コップはすっかりからになり、ルチアさんは満足《まんぞく》そうにほほえんで、席《せき》を立《た》ちました。

三人《にん》も、そっと窓《まど》をはなれました。

月《つき》もない、まっ暗闇《くらやみ》の道《みち》を、三人《にん》の女《おんな》の子《こ》はふたたびくだっていきました。みな、驚《おどろ》きで、すぐには口《くち》がきけませんでした。

でも、ボビーの驚《おどろ》きがふたりの驚《おどろ》きとちがっていたのは、言《い》うまでもありません。でたらめに言《い》ったことが、本当《ほんとう》になったのですから！　ああ、そして、あの水色《みずいろ》の玉《たま》の、なんとなんと、きれいだったこと……。

（信《しん》じられない、信《しん》じられない。それじゃあの晩《ばん》も、お母《かあ》さんは、きっとあれを飲《の》んでいたんだ……。ああそれにひょっとすると、この子《こ》たちの言《い》うように、お母《かあ》さんは、本当《ほんとう》に光《ひか》っているのかもしれない……）

そう思《おも》うと、ボビーは今初《いまはじ》めてドキドキしたのです。というのも、水色《みずいろ》のジュースを飲《の》む母親《ははおや》の姿《すがた》にどんなに目《め》をこらそうと、ふだんとちがうところは、ひとつも見《み》えなかったからでした。

ボビーは、となりを歩《ある》く子《こ》どもたちに、思《おも》いきって話《はな》しかけました。

「ね、お母《かあ》さん、どんなふうだった?」

スゥとルゥルゥは、その言葉《ことば》に、夢《ゆめ》からさめたように、ぱっと顔《かお》をあげました。

「きれいだった。いちばん初《はじ》めに、きらって明《あか》るくなったとき、びっくりして目《め》をつぶっちゃったけど、あとからはちゃんと見《み》た。とってもとってもきれいだった」

スゥに続《つづ》いて、ルゥルゥも言《い》いました。

「きらって光《ひか》るたびに、なんだかあたし、あんまりびっくりして、ちょっと涙《なみだ》が出《で》そうになっちゃった」

ルゥルゥはハアッと息《いき》をしながら、目《め》をこすりました。

「ふうん」

ボビーは、不安《ふあん》になりました。でも、これまでに、だれかが一度《いちど》でも言《い》ったことがあったでしょうか。「あんたのお母《かあ》さん、光《ひか》ってるわね」なんてことを……。ポリーからも、ポリーのおばさんからも、友《とも》だちからも、近所《きんじょ》のだれからも、一度《いちど》だって、言《い》われたことはありません。ボビーは、尋《たず》ねてみました。

「ねえ、お屋敷《やしき》に、お母《かあ》さんのほかにも、お手伝《てつだ》いさんがいるんでしょ。お母《かあ》さんのこと、光《ひか》ってるって、言《い》う？」

「ううん。エルダさんもヤンガさんも、それにお母《かあ》さんも、なにも言《い》わないのよ」

「そ、なにも言《い》わないの。どしてだろ？」

ボビーは、少《すこ》しだけ安心《あんしん》しました。

《たそがれ屋敷《やしき》》が近《ちか》づいてきたころ、スゥが言《い》いました。

「あの瓶《びん》の中《なか》の水色《みずいろ》のもの、やっぱり、あたしたちの宝石《ほうせき》そっくりだったわね……」

ボビーもルゥルゥも、うなずきました。ボビーが、借《か》りていた玉《たま》を、ようやくポケットから取《と》り出《だ》しました。ルゥルゥが言《い》いました。

「でも、フォークなんか、ぜったい刺《さ》さらないと思《おも》う」

「うん、刺《さ》さらないと思《おも》う。……あれって、なにかの実《み》みたいじゃなかった？」

スゥは、そう言《い》ったあと、ボビーを見《み》あげて言《い》いました。

「そうだわ、ボビー。同《おな》じものかどうか、くらべてみてよ。並《なら》べてみたらきっとわかるでしょう？」

それは、ボビー自身《じしん》が、ぜひともしてみたいと思《おも》ったことでした。台所《だいどころ》で、お母《かあ》さんは、いったいなにを飲《の》んでいたの？　どうしてこの玉《たま》と、そっくりのものが、うちにあるの？

「うん、わかった。くらべてみるわ。じゃあ、これ、また借《か》りるね。くらべたら、返《かえ》しにくるわ」

ボビーがそう答《こた》えたとき、そこはもう、待《ま》ち合《あ》わせをした街灯《がいとう》の下《した》でした。

「おやすみ、スゥ、ルゥルゥ」

「ボビーおやすみ、今日《きょう》はありがとう、またね！」

「ボビー、おやすみ。待《ま》ってるわ！」

三人《にん》は手《て》をふって、別《わか》れました。

お屋敷《やしき》の、恐《おそ》ろしいほどの静《しず》まりようは、子《こ》どもが一時間以上《じかんいじょう》もいなかったことに、だれひとり気《き》づいていないことを示《しめ》していました。そしてスゥとルゥルゥは、ベッドにたどりつくなり、とろけるようにねむりました。

## 9章《しょう》　ピピン叔父《おじ》さん

月曜日《げつようび》、学校《がっこう》から帰《かえ》ったボビーは、台所《だいどころ》に飛《と》びこむと、食器戸棚《しょっきとだな》の鍵《かぎ》がしまってありそうな引《ひ》き出《だ》しを次々《つぎつぎ》と引《ひ》っぱり出《だ》しては、かきまわしてみました。小《ちい》さすぎる鍵《かぎ》や、大《おお》きすぎる鍵《かぎ》が、二つ三つ出《で》てきました。

（ちがうと思《おも》うけど、試《ため》してみよう）

ボビーは、食器戸棚《しょっきとだな》の前《まえ》まで踏《ふ》み台《だい》を運《はこ》び、試《ため》してみましたが、どの鍵《かぎ》も合《あ》いませんでした。ところが、ふと取《と》っ手《て》を回《まわ》してみると、カチッと音《おと》がし、扉《とびら》がひらきました。鍵《かぎ》なんか、かかっていなかったのです。

暗《くら》い戸棚《とだな》の中《なか》で、広口瓶《ひろくちびん》が、静《しず》かにきれいに光《ひか》っていました。ボビーは、瓶《びん》をそっとかかえて、踏《ふ》み台《だい》をおりました。

それはやっぱり、なにかの実《み》のようでした。透《す》きとおったぶどうのような、プルーンのような……。でも、どちらでもないことはたしかです。きれいなきれいな、見《み》たこともない、水色《みずいろ》の実《み》……。ボビーは止《と》め金《がね》をはずし、蓋《ふた》を向《む》こうにたおすと、ルチアさんがやったのと同《おな》じように、ひとつをフォークで突《つ》き刺《さ》して取《と》り出《だ》してみました。それから、ポケットの中《なか》から水色《みずいろ》の玉《たま》を取《と》り出《だ》しました。

ふたつは、同《おな》じ物《もの》としか思《おも》えないほど、よく似《に》ていました。やわらかいか、かたいかというだけのちがいです。

「まるでこれが固《かた》まって、この玉《たま》になったみたい」

瓶《びん》の中《なか》からは、甘《あま》い香《かお》りがたちのぼっていました。シロップの匂《にお》いに、なにか、とても変《か》わった香《かお》りが溶《と》け合《あ》い、不思議《ふしぎ》な香《かお》りを醸《かも》し出《だ》しているらしいのです。それは、どんな思《おも》い出《で》にもつながらない、まったく初《はじ》めての、けれど心《こころ》が妙《みょう》にかきたてられるような、そういう香《かお》りでした。

ボビーは、フォークの先《さき》の実《み》を、ひと口《くち》かじってみたいと思《おも》いました。でも、その勇気《ゆうき》はありませんでした。水《みず》に溶《と》かして飲《の》んでみる勇気《ゆうき》も、やっぱりありませんでした。怖《こわ》い物知《ものし》らずと言《い》ってもいいくらい、思《おも》い切《き》ったことのできる少女《しょうじょ》だったというのに。

(だって、おとなの飲《の》み物《もの》かもしれないじゃない……)

そんなふうに心《こころ》でつぶやきながらも、自分《じぶん》が言《い》い訳《わけ》をしていることは知《し》っていました。

だって、葡萄酒《ぶどうしゅ》をこっそり味見《あじみ》することなら、平気《へいき》だったのですから。

ボビーは、フォークの先《さき》の美《うつく》しい実《み》をみつめて、何度《なんど》も唾《つば》を飲《の》み込《こ》みながら、結局《けっきょく》、瓶《びん》の中《なか》に戻《もど》しました。そして、きっぱり言《い》いました。

「なにかわからないものを、食《た》べてみるわけにはいかない！」

ボビーはパチンと蓋《ふた》をしめ、瓶《びん》を持《も》ちあげました。そのとき瓶《びん》の底《そこ》に、シールが貼《は》ってあるのに気《き》がついたのでした。それは、古《ふる》びて、すっかり印刷《いんさつ》が薄《うす》くなったシールでしたが、『ピピン青果店《せいかてん》』と読《よ》めました。

「ピピン青果店《せいかてん》、ピピン青果店《せいかてん》……」

あ、聞《き》いたことがある……と、ボビーは思《おも》いながら、どこの店《みせ》だったか思《おも》い出《だ》すまで、少《すこ》し時間《じかん》がかかりました。でもしまいにわかりました。ピピン青果店《せいかてん》というのは、お母《かあ》さんの叔父《おじ》さんが生《い》きていたときにやっていた、八百屋《やおや》さんにちがいありませんでした。叔《お》父《じ》さんの名《な》は、ピピンといったはずでしたし、お店《みせ》をしていたという話《はなし》も、聞《き》いたことがありました。

ボビーは、なにもかもを大急《おおいそ》ぎで片《かた》づけると、家《いえ》をとびだし、ポリーの家《いえ》をめがけて走《はし》ったのです。ポリーのお母《かあ》さんは、ピピン叔父《おじ》さんの娘《むすめ》だったからです。

石《いし》くれの坂道《さかみち》を、十分《ぷん》ばかり、のぼったりおりたりしたところに、漆喰壁《しっくいかべ》のポリーの家《いえ》はありました。ボビーはいつものように、藤棚《ふじだな》の下《した》をくぐり、テラスの網扉《あみとびら》をバタンとあけて、居間《いま》にはいっていきました。籠《かご》の鳥《とり》がピピーと鳴《な》きました。

午後《ごご》の陽《ひ》のあふれる明《あか》るい居間《いま》の中《なか》で、ポリーの母親《ははおや》、サラおばさんが、立《た》ってアイロンをかけていました。

「あらボビー。ポリーいないのよ」

そう言《い》いながら、サラおばさんは顔《かお》をあげ、アイロン台《だい》の上《うえ》のテーブルクロスをシュッとずらしました。鉢植《はちう》えの背《せ》の高《たか》い植物《しょくぶつ》が、おばさんの髪《かみ》にふれてカサカサいいました。

ボビーは、アイロン台《だい》をはさんで、サラおばさんの前《まえ》にまっすぐ立《た》つと、一度《いちど》、髪《かみ》を耳《みみ》にかけてから、切《き》り出《だ》しました。

「ねえ、おばさん。子《こ》どものとき、おばさんち、八百屋《やおや》さんだったんでしょ。瓶詰《びんづめ》の果物《くだもの》みたいなのも売《う》ってたの？」

サラおばさんは、ボビーが、不意《ふい》にこんな質問《しつもん》をしても、べつに驚《おどろ》いたふうもなく答《こた》えました。

「そりゃ売《う》ってたよ。あんずに、ざくろに、こけももに、さくらんぼに……。いろんなシ

ロップ漬《づ》けを売《う》ってたわねえ。瓶《びん》の形《かたち》も、丸《まる》いのや、長細《ながぼそ》いのや、いろんなのがあって
ねえ……」

おばさんは、テーブルクロスを、大《おお》きくばさっとずらしたあと、声《こえ》をはりあげました。

「だって、それこそ、うちの父《とう》さんの困《こま》った道楽《どうらく》だったんだもの！　なにやら、せっせと
栽培《さいばい》しちゃあ、瓶詰《びんづめ》にしてたのよ。儲《もう》けになんか、なりゃしないのにね」

ボビーは、アイロンを目《め》で追《お》いながら、さりげない調子《ちょうし》で尋《たず》ねました。

「赤《あか》い実《み》の瓶詰《びんづめ》ばかりだった？　青《あお》っぽいのなんかも、あったの？」

「そりゃ、あったわよ。ぶどうに、ブルーベリーに、プルーンに……」

おばさんはそこまで言《い》うと、ため息《いき》をつき、

「青《あお》いって言《い》ったら、あの実《み》よねえ……」

と、ひとりごとのようにつぶやいたのでした。ボビーは、どきっとしました。

「あの実《み》って？」

するとおばさんは、口《くち》をすべらせてしまったかな、というように、ちょっとくちびるを
とがらせたまま、黙《だま》って手《て》を動《うご》かしつづけました。でもそれから、

「んん……。でも瓶詰《びんづめ》の話《はなし》じゃないんだよ」

と前《まえ》おきしてから、思《おも》いきったように、話《はな》しだしたのでした。

「野菜《やさい》がとれると、家《いえ》で売《う》るほかに、市場《いちば》にも売《う》りにいくわけよ。ところが父《とう》さんの場合《ばあい》は、自分《じぶん》とこの野菜《やさい》を売《う》ることより、ほかの人《ひと》が売《う》りにきたものを見《み》るのが楽《たの》しかったらしいの。……なんていうか、父《とう》さんって人《ひと》は、どこってこともない、どこか遠《とお》いべつのところに興味《きょうみ》があったんだろうねえ……。市場《いちば》に行《い》くと、ちょっとそんな気分《きぶん》が味《あじ》わえたんだろうねえ、めずらしいものが並《なら》んでるからねえ」

そしておばさんは、子《こ》どものころに、父親《ちちおや》から聞《き》かされた話《はなし》をボビーに語《かた》ったのでした。

「わたしが、ちょうど今《いま》のあんたくらいのころよ。父《とう》さんが、いいものを買《か》ったっていって、大喜《おおよろこ》びで帰《かえ》ってきたの。市場《いちば》の隅《すみ》に、見《み》かけないおばあさんがいて、変《か》わった野菜《やさい》や果物《くだもの》ばかり売《う》っていたんだって。そのおばあさんとしゃべっているうちに、気《き》に入《い》られたらしくてね、よほどのことがない限《かぎ》り売《う》らない種《たね》を、父《とう》さんには、とくべつに売《う》ってくれたんだって」

「おばさん、見《み》たの？　どんな種《たね》？」

「まんまるい、薬《くすり》みたいな、ふつうの種《たね》。そう、エンドウ豆《まめ》くらいのね」

そしておばさんは、あきれたような口調《くちょう》で続《つづ》けました。

「どこからも遠《とお》いところで採《と》れた種《たね》なんだっていうの。だけど、そんな場所《ばしょ》、あるわけないよねえ。でも、それこそ、いかにも父《とう》さんがほしがりそうなものよね。父《とう》さん、もうすっかり浮《う》かれちゃって。しかも、ずいぶん安《やす》くしてくれたっていって大喜《おおよろこ》び……」

サラおばさんは、テーブルクロスを四角《しかく》くたたむと、かごからエプロンを取《と》り出《だ》して言《い》いました。

「父《とう》さんたら、人《ひと》のいいばあさんだっていって感心《かんしん》してたっけ。だけど、だれが考《かんが》えたって、人《ひと》のいいのは、父《とう》さんの方《ほう》よねえ。そんなものに、ちゃんとした値段《ねだん》があるわけないんだから。父《とう》さんてのは、つくづく商売《しょうばい》には向《む》かない人《ひと》ねえって言《い》って、家族《かぞく》みんなでしまいに笑《わら》いだしちゃった」

「で、おじさん、その種《たね》、植《う》えたんでしょ？　どうなったの？」

ボビーは、先《さき》が聞《き》きたくてなりませんでした。おばさんは、思《おも》いきり肩《かた》をすくめてから言《い》いました。

「つまり、それからよ。すっかり夢中《むちゅう》になっちゃって。毎日毎日《まいにちまいにち》、そこの庭《にわ》の、陽《ひ》のあたる隅《すみ》に出《で》ていっては、いそいそと世話《せわ》をやいて……。そうしたら、とうとう芽《め》が出《で》て…

茎《くき》が伸《の》びて…少《すこ》しずつ少《すこ》しずつ大《おお》きくなって…木《き》になって…花《はな》が咲《さ》いて……」

「え？　花《はな》が咲《さ》いたの？　ね、どんな木《き》？　どんな花《はな》？　きれいなの？」

ボビーは、アイロン台《だい》のはしをつかんで、身《み》を乗《の》り出《だ》しました。

「何年《なんねん》もかかったわねえ、あんたの背丈《せたけ》くらいになるまで。水色《みずいろ》の花《はな》がぽこぽこ、ぽこぽこ咲《さ》いたのよ。まあるい、しゃぼん玉《だま》のような花《はな》なのさ。それこそ、見《み》たこともない花《はな》だった。あの時《とき》は、さすがにみんなで木《き》を取《と》りかこんで、はあって、ため息《いき》をついたわねえ。ま、あれはたしかに、どこからも遠《とお》いところにしか咲《さ》かない花《はな》のような気《き》がしたわね……」

サラおばさんが、遠《とお》くを見《み》るようにしてそう言《い》ったときには、ボビーもまた、遠《とお》くを見《み》るような思《おも》いで、しゃぼん玉《だま》のような水色《みずいろ》の花《はな》のなる木《き》を思《おも》い浮《う》かべずにはいられませんでした。

それからボビーは言《い》いました。

「それじゃ、ピピン叔父《おじ》さんは、おばあさんにだまされたんじゃなかったんじゃないの。安《やす》く種《たね》が買《か》えて、よかったんじゃないの」

サラおばさんは、鼻《はな》からふうんと息《いき》を出《だ》すと、

「ところが、いいとは言《い》えないのよ」

と答《こた》えて、また手《て》を動《うご》かしました。

「父《とう》さんは、それはそれは喜《よろこ》んでたよ。だけど、そのおかげでもっと貧乏《びんぼう》になったってのは、たしかだからね」

安《やす》くしてもらったとはいうものの、おじさんがいくらで種《たね》を買《か》ったのか、本当《ほんとう》のところ、だれも知《し》りませんでした。そのうえ、その栽培《さいばい》に凝《こ》りだしてからというもの、ピピン叔父《おじ》さんは畑《はたけ》も、商売《しょうばい》も、ますますうわの空《そら》になったのです。

「ま、そう言《い》ってもね、母《かあ》さんが元気《げんき》だったし、わたしたち子《こ》どもも大《おお》きくなってきてたから、助《たす》けにもなるし、困《こま》ったもんだと言《い》いながらも、なんとか暮《く》らしてたわよ」

花《はな》は、やがて散《ち》り、ある日《ひ》とうとう、夢《ゆめ》に見《み》た実《み》がなって、きらきらと光《ひか》りながら、大《おお》きく育《そだ》っていったのだそうです。

「これくらいの大《おお》きさの、まあるい水色《みずいろ》の実《み》が、三つとか四つずつ、くっついてなるの。それが陽《ひ》にあたって、きらきらきらきら光《ひか》るのよ。それはそれは、きれいだったわねえ……。いくつもいくつも、たくさんなったの……」

サラおばさんは、指《ゆび》を丸《まる》めて大《おお》きさを示《しめ》しながら、やっぱり、うっとりせずにはいられないらしく、ほほえみを浮《う》かべました。ボビーは、ポケットの中《なか》の宝石《ほうせき》を、きゅっとにぎりながら、テラス越《ご》しに庭《にわ》を見《み》やり、一本《ぽん》の木《き》を想像《そうぞう》しました。水色《みずいろ》の宝石《ほうせき》のような、たくさんの実《み》をつけた枝々《えだえだ》が、輝《かがや》きながら風《かぜ》にそよぎ、ザラザラと音《おと》たてるところを……。

ボビーは、《たそがれ屋敷《やしき》》の子《こ》どもたちから聞《き》いた、遠《とお》い国《くに》のことを思《おも》い出《だ》し、子どもたちのお父《とう》さんもきっと同《おな》じ光景《こうけい》を見《み》たのだろうと考《かんが》えました。そんな所《ところ》なら、だれだって、行《い》ってみたいにちがいない、船《ふね》に乗《の》って出《で》かけていったきり、ずっとずっと、暮《く》らしていたいかもしれない、と……。

その時《とき》、サラおばさんが、ぽつりと言《い》いました。

「父《とう》さんはね、昼下《ひるさ》がりに、そのテラスのはじに腰掛《こしか》けて、水色《みずいろ》の実《み》を眺《なが》めているときに、ふっと死《し》んだの」

「……死《し》んだの？　ふっと？」

サラおばさんがうなずきました。

「ルゥといっしょに、涙《なみだ》をふきふき、水色《みずいろ》の実《み》をもいでね、父《とう》さんの棺《ひつぎ》の中《なか》に入《い》れたのよ。あんなきれいな物《もの》にかこまれているんだもの、そりゃもう、しあわせそうな死《し》に顔《がお》だった……」

サラおばさんは、ルチアさんのことを、ルゥとよびました。近《ちか》くに住《す》む、年《とし》の近《ちか》いいとこだったのですから、ふたりは姉妹《しまい》のようなものだったのです。

「ひとつ残《のこ》らず、おじさんの棺《ひつぎ》に入《い》れちゃったの？　だれも、ひとつも食《た》べたりしないで？」

ボビーが聞《き》くと、

「ぜんぶは、とてもはいりきらなかったと思《おも》うけど、残《のこ》りはどうしたんだったかしら。なにしろ、お葬式《そうしき》のどさくさの中《なか》のことだからねえ。でも、捨《す》てたはずよ」

と、おばさんは答《こた》えて、意外《いがい》なことを言《い》いました。

「あの実《み》はねえ、いい匂《にお》いがしていたわりには、虫《むし》もつかないし、鳥《とり》もよってこない実《み》だったの。そんなものに、まともなものがあるはずないでしょう。おいしい実《み》を鳥《とり》が見逃《みのが》すはずないんだもの。きっとなにか毒《どく》があったにちがいないんだよ。……そしてねえ、じつを言《い》うとねえ、父《とう》さんが、あんなふうにして死《し》んだのは、ひょっとすると、ひとつふたつ、食《た》べたせいかもしれないってことになったんだよ。食《た》べたって話《はなし》は、だれも父《とう》さんから聞《き》いてないんだけどね。ま、昔《むかし》のことだし、噂《うわさ》がたつのも厄介《やっかい》だから、調《しら》べてももらわなかったけど」

そしておばさんは、残《のこ》った家族《かぞく》で話《はな》し合《あ》い、木《き》を根《ね》こそぎ切《き》ることにしたのだと言《い》いました。ピピン叔父《おじ》さんが、そんなふうにして亡《な》くなってみると、あの種《たね》こそが、災《わざわ》いを招《まね》いたように思《おも》われたからでした。

「あんなに、あやしいほどきれいな物《もの》は、どこか、きっと変《へん》なのよ。不思議《ふしぎ》なことに、実《み》にはどれも種《たね》がはいってなかったの。だから、木《き》を切《き》ってしまえば、もう増《ふ》える心配《しんぱい》もないしねえ」

花模様《はなもよう》のスカーフが最後《さいご》の洗濯物《せんたくもの》でした。おばさんは、とがったアイロンの先《さき》で、つうっと皺《しわ》をのばしていきながら言《い》いました。

「あれさえなきゃ、父《とう》さん、長生《ながい》きしたと思《おも》うよ。つまり、とんでもない物《もの》を買《か》わされたってことだよね……でも、あながちそうも言《い》えないの」

おばさんは、ちょっと言葉《ことば》を切《き》ってから言《い》いたしました。

「あれがなかったら、父《とう》さんは、あんなに楽《たの》しそうには、生《い》きられなかったと思《おも》うよ……」

サラおばさんは、黙《だま》ってアイロンをかけ、ボビーは、スカーフの花模様《はなもよう》をみつめました。

「さ、よしと」

おばさんは、アイロンを脇《わき》に置《お》き、ボビーは、スカーフをたたんで、ぴんと仕上《しあ》がった洗濯物《せんたくもの》の上《うえ》に重《かさ》ねました。そして、髪《かみ》を一度《いちど》、耳《みみ》にかけてから、そっと聞《き》きました。

「うちのお母《かあ》さん、ピピン叔父《おじ》さんのこと、大好《だいす》きだったと思《おも》う？」

「ルーゥ？　さあ、ルゥはどうだったんだろうねえ。ただね、父《とう》さんの方《ほう》は、ずいぶんルゥのことを気《き》に入《い》ってたの。あたしたちほんとの子《こ》どもは、ついついきついことを言《い》っちゃうけど、ルゥは言《い》わないから、気分《きぶん》がよかったのかもしれないけどさ、とにかく、ルゥはいいなあって、よく言《い》ってた。実際《じっさい》、ルゥは、父《とう》さんがあれこれ、果物《くだもの》の話《はなし》なんか始《はじ》めると、目《め》をぴんと開《ひら》いて、黙《だま》って聞《き》いてたもの、可愛《かわい》かったんだと思《おも》うわ。でも、ルゥの方《ほう》は、となると……ルゥって、だれのことが好《す》きか嫌《きら》いか、ちょっとわからない人《ひと》じゃない？」

ボビーはうなずきました。おばさんの言《い》うとおり、だれが好《す》きでだれが嫌《きら》い、というようなことをお母《かあ》さんが言《い》うのを、ボビーは聞《き》いたことがなかったのです。

籠《かご》の鳥《とり》が、ピリピリピリッと、目覚《めざ》まし時計《どけい》のように鳴《な》き、ふたりは夢《ゆめ》から覚《さ》めたように、くすっと笑《わら》いました。おばさんが、腰《こし》をぐうっとのばすと、そのあたりを少《すこ》し片《かた》づけながら言《い》いました。

「ふう、立《た》ってたら、くたびれた。ボビー、お茶《ちゃ》でも飲《の》む?」

「あ、いい。もう帰《かえ》るから」

そして、ボビーは、にっこり笑《わら》って答《こた》えると、家《いえ》を出《で》たのでした。

## 10章《しょう》　考《かんが》えるボビー

ボビーは、ひとりになると、きまって水色《みずいろ》の実《み》のこと、そして瓶詰《びんづめ》のことを考《かんが》えました。ルチアさんのいない時間《じかん》に、こっそり瓶《びん》をあけてみたことも、二度《ど》や三度《ど》ではありません。そのたびに、静《しず》かに輝《かがや》く水色《みずいろ》の実《み》をじっと見《み》つめては、蓋《ふた》をとじるのでした。食《た》べてみようかな、思《おも》い切《き》ってほんのひと口《くち》……。だめだめ、だめ。たとえお母《かあ》さんは平気《へいき》でも、わたしが平気《へいき》とは限《かぎ》らない。ああ、でもなんていい匂《にお》い……。蓋《ふた》をとじ、食器戸《しょっきと》棚《だな》にしまいこんだあとは、本当《ほんとう》にぐったりとし、もう二度《にど》と近《ちか》づくまいと思《おも》うのでしたが、その誓《ちか》いも、折《おり》にふれて破《やぶ》られては、心《こころ》を騒《さわ》がせるのでした。けれどボビーは、水《みず》色《いろ》の実《み》を、自分《じぶん》が口《くち》にするかどうかは、問題《もんだい》の外《そと》のことだとわかっていました。そしてまた、本当《ほんとう》に自分《じぶん》が知《し》りたいのも、その味《あじ》などではなく、問題《もんだい》そのものの方《ほう》なのだということも。

ボビーは、くり返《かえ》し、考《かんが》えました。

みんなが捨《す》てたと思《おも》っている水色《みずいろ》の実《み》の残《のこ》りを、ルチアさんが持《も》ち帰《かえ》り、シロップ漬《づ》けにした、というところは、疑《うたが》いようがなさそうでした。けれど、なんてことをするんだろう、とボビーはあきれずにいられません。その実《み》のせいで、ピピン叔父《おじ》さんが死《し》んだというのに。シロップ漬《づ》けにするにせよ、こっそりひとりで食《た》べてみるなんて、なんと言《い》うこわいもの知《し》らずでしょう。

（お母《かあ》さんて、よほどのくいしんぼうなんだわ。しかも、ひとりじめにして。食《た》べても平《へい》気《き》ってわかったなら、せめてサラおばさんにおしえてあげて、ひと粒《つぶ》くらい、あげたっていいじゃない）

そう思《おも》ってみたものの、ボビーはすぐに首《くび》をふりました。姿《すがた》を消《け》したはずのあやしい実《み》が、そんな形《かたち》でまだ残《のこ》っていることを知《し》らされたうえ、「わたしこっそり食《た》べてるの」などと告《つ》げられたとしたら、サラおばさんは、喜《よろこ》ぶどころか、気味悪《きみわる》く思《おも》ったにちがいありません。

結局《けっきょく》、ルチアさんは、黙《だま》ってただひとり、何年《なんねん》にもわたって水色《みずいろ》の実《み》を食《た》べつづけたのでした。

（そうして……そうして……光《ひか》って見《み》えるようになったんだ……あの子《こ》たちの目《め》には……）

ここに行《い》きつくたびに、ボビーは、深々《ふかぶか》とため息《いき》をつかずにはいられません。なぜいったい、いったいどうして、《たそがれ屋敷《やしき》》の子《こ》どもたちにだけ、そう見《み》えるのだろう？　それが、どうしても、どうしてもわからないのです。

もちろんあの子《こ》たちは、とくべつの子《こ》どもでした。そもそも、《たそがれ屋敷《やしき》》などと呼《よ》ばれるような、少《すこ》し気味悪《きみわる》い家《いえ》の子《こ》どもです。それはもう、そこら辺《へん》を走《はし》っているような子《こ》どもとは、まるで様子《ようす》がちがうことくらい、ボビーにもわかりました。たとえ、暗闇《くらやみ》の中《なか》でしか見《み》たことがなかったとしても。でも、あの子《こ》たちがとくべつだと言《い》える本当《ほんとう》の理由《りゆう》、たったひとつの本当《ほんとう》の理由《りゆう》は、この玉《たま》、つまり水色《みずいろ》の実《み》にそっくりのものを持《も》っていたということなのでした。そう。ルチアさんと子《こ》どもたちを結《むす》び付《つ》けるものといえば、この水色《みずいろ》の玉《たま》以外《いがい》にないのでした。

ボビーは時々《ときどき》、ふとした折《おり》に、もう少《すこ》しで、ルチアさんに、水色《みずいろ》の実《み》のことを尋《たず》ねそうになりました。でも、「お母《かあ》さん、あのね」と呼《よ》びかけたあとは、どうしても勇気《ゆうき》が続《つづ》かずに、きまってぜんぜんべつの話《はなし》を始《はじ》めてしまうのでした。そしてその後《あと》ではいつも、口《くち》に出《だ》さずにいてよかったと、やっぱり思《おも》うのでした。

そのかわりボビーは、ルチアさんのことを初《はじ》めてまじめに考《かんが》えてみるようになりました。今《いま》までは、お母《かあ》さんなど、あまりに近《ちか》くにいすぎて、あるのがあたり前《まえ》の空気《くうき》のようなものだったのです。

（光《ひか》って見《み》えるだなんて、まるで天使《てんし》みたいじゃない？　でも、お母《かあ》さんって天使《てんし》みたいな人《ひと》だと思《おも》う？　まさか、ぜんぜん！　ああ、でもそりゃあ、あたしを拾《ひろ》って育《そだ》ててくれたんだって思《おも》うと、ぜんぜんなんて言《い》っちゃいけないのかもしれないけど……。とてもいい人《ひと》なのは、知《し》ってるけど……）

ボビーは、赤《あか》ん坊《ぼう》のときに、乳児院《にゅうじいん》の玄関先《げんかんさき》に置《お》き去《ざ》りにされていたのを、通《とお》りかかったルチアさんに拾《ひろ》われたのでした。乳児院《にゅうじいん》に知《し》らせると、そこがもういっぱいだったので、ルチアさんは、自分《じぶん》の子《こ》どもとして育《そだ》てることにしたのです。

（だけど、すごくとくべつっていうところ、あるかしら？　どこか、人《ひと》とちがうところって、あるのかしら？）

けれどボビーには、よくわからないのでした。くらべてみられるほど、よそのおばさんを知《し》らなかったし、興味《きょうみ》を持《も》って見《み》たこともありませんでした。

（よその人《ひと》より太《ふと》ってるのはたしか。それにくいしんぼう。ああそれと、だれが好《す》きとか嫌《きら》いとか、それはたしかに言《い》わない。でも、これだけのことじゃ、とくべつな人《ひと》だなんて、言《い》えるはずないじゃない……）

それでもボビーは、考《かんが》えるのでした。そして、ピピン叔父《おじ》さんのことを、スゥとルゥのことを、水色《みずいろ》の玉《たま》を持《も》ってきたふたりのお父《とう》さんのことを、それから、水色《みずいろ》の玉《たま》と実《み》、そのもののことを……。

いくら考《かんが》えてもわからないのに、ボビーは、考《かんが》えつづけたのです。

# 11章《しょう》　たそがれ屋敷《やしき》の日々《ひび》

スゥとルゥルゥは、庭《にわ》でままごとをしたり、屋敷《やしき》の中《なか》でかくれんぼをしたり、絵《え》をかいたりしながら、変《か》わりない毎日《まいにち》をすごしていました。でも、今《いま》やふたりには、大《おお》きな秘密《ひみつ》がありました。いちばんの秘密《ひみつ》は、ルチアさんが水色《みずいろ》の飲《の》み物《もの》を、こっそり飲《の》んでいるということでした。でも、それだけではなく、そのまわりの出来事《できごと》すべて――夕暮《ゆうぐ》れに、ルチアさんのあとをつけていったこと、真夜中《まよなか》に家《いえ》をぬけだしたこと、ボビーという、年上《としうえ》のちょっと風変《ふうが》わりな少女《しょうじょ》と知《し》り合《あ》いになったこと、それらがぜんぶ、大《おお》きな大《おお》きな秘《ひ》密《みっ》なのでした。ふたりのどちらかが「ねえあのときさあ」と話《はな》しだすと、「夕方《ゆうがた》？　真夜《まよ》中《なか》？」と、きまって、あとのひとりが聞《き》き返《かえ》します。「またあの話《はなし》？」などとはどちらもけっして言《い》わず、ふたりは、くり返《かえ》し、くり返《かえ》し、あの二夜《や》のことを話《はな》すのでした。

ふたりはもちろん、水色《みずいろ》の玉《たま》を返《かえ》しにボビーが現《あらわ》れる日《ひ》を、今日《きょう》か、今日《きょう》かと、毎日《まいにち》待《ま》ちました。ルチアさんの、あの瓶《びん》の中《なか》のものと、水色《みずいろ》の玉《たま》とが、同《おな》じものだったかどうか、ボビーはおしえてくれるでしょう。でもボビーは、いつまでたっても来《こ》ないのでした。

くり返《かえ》しくり返《かえ》し、二夜《や》のことを話《はな》し、毎日毎日《まいにちまいにち》、ボビーを待《ま》っているうちに、ふと、それらがみな、本当《ほんとう》のことなのか、それともどこかで聞《き》いたお話《はなし》なのか、わからなくなることがありました。そんなときには、家《いえ》のどこかで働《はたら》いているルチアさんの姿《すがた》をさがし、きらきらと光《ひか》っているのをたしかめ、それからレースの宝石箱《ほうせきばこ》の蓋《ふた》をあけ、「宝石《ほうせき》」が消《き》えていることをたしかめるのでした。

こうして、《たそがれ屋敷《やしき》》の日々《ひび》は、また静《しず》かに過《す》ぎていったのです。


エルダさんとヤンガさんは、今《いま》でもやはり夜《よる》の台所《だいどころ》に立《た》つたびに、ルチアさんのことを、ひとつふたつ、話題《わだい》にしました。これはもう、ルチアさんが来《き》たばかりの頃《ころ》から続《つづ》く、日々《ひび》の習慣《しゅうかん》のようなものでしたが、それというのも、そのうちにはルチアさんの「気《き》の毒《どく》」な暮《く》らしぶりや身《み》の上話《うえばなし》を聞《き》けるものと踏《ふ》んでいたふたりの思惑《おもわく》が、すっかりはずれたせいでもありました。ふたりにとってルチアさんは、いつまでたっても「自分《じぶん》たちの仲間《なかま》」のような気《き》がしてこないのでした。そんな人《ひと》であれば放《ほう》っておくこともできたでしょうに、そうもいかなかったのは、「気《き》の毒《どく》」なはずのルチアさんが、そこからいちばん遠《とお》いところにいるように見《み》えるのが、つくづく不思議《ふしぎ》だったからでした。

たとえば、昨日《きのう》の晩《ばん》、スゥとルゥルゥが台所《だいどころ》で耳《みみ》にしたのはこんな話《はなし》でした。

「さっき、洗濯物《せんたくもの》をとりこみながら聞《き》いたんですけどね、ルチアさんて、運《うん》が悪《わる》いんだか、いいんだか……なんか不思議《ふしぎ》な人《ひと》ですよねえ」

ヤンガさんが、気《き》の毒《どく》がっているとも、とまどっているとも、または、うらやましがっているのだろうかとも思《おも》えるような、あいまいな調子《ちょうし》で話《はな》し出《だ》すと、流《なが》しを洗《あら》っていたエルダさんが、

「なんだってなんだって?」

と、物見高《ものみだか》く首《くび》をつきだしました。

「昨日《きのう》の休《やす》みは、どちらかにおでかけにって、あたし、聞《き》いたんですよ。そしたら、アナグマ峠《とうげ》までキノコ採《と》りに行《い》ったって言《い》うんです」

「ふうん、そりゃまた遠《とお》くまで行《い》ったわね。馬車《ばしゃ》で?」

「そうなんです。なんでも、峠《とうげ》のふもとに、あちこちから来《く》る乗《の》り合《あ》い馬車《ばしゃ》の駅《えき》があるそうなんです、あたしは知《し》りませんでしたけど。ルチアさん、娘《むすめ》さんとふたりで行《い》った

んですって。それはいいんですけどね、帰《かえ》りの話《はなし》なんですよ」

スゥとルゥルゥは、ボビーのことが話題《わだい》に出《で》たので、どきっとしました。

「待《ま》ち合《あ》い所《じょ》で、帰《かえ》りの馬車《ばしゃ》を待《ま》ってたら、ちょっと荷物《にもつ》を見《み》ててほしいって頼《たの》まれたんですって。ところが頼《たの》んだ人《ひと》は、さっぱり戻《もど》ってこなくて、そのあいだにルチアさんたちの乗《の》る馬車《ばしゃ》が来《き》て、行《い》っちゃったっていうんです」

「おやまあ」

エルダさんが、気《き》の毒《どく》そうに、眉《まゆ》をひそめました。ヤンガさんが、勢《いきお》いづいて続《つづ》けました。

「ところが、その人《ひと》が戻《もど》ってきて、べつの馬車《ばしゃ》に乗《の》ってったと思《おも》ったら、しばらくして今《こん》度《ど》は別《べつ》の人《ひと》に、荷物《にもつ》をみはっててほしいと頼《たの》まれたんですって。断《ことわ》る間《ま》もなく、その人《ひと》はどこかへ行《い》ってしまい、またそのあいだに、ルチアさんたちの馬車《ばしゃ》が来《き》て行《い》ってしまったんですって。ところがなんと、それが、ルチアさんたちの乗《の》る最終《さいしゅう》の馬車《ばしゃ》だったっていうんです」

エルダさんが、しきりと首《くび》をふりました。

「じゃあルチアさんとボビ……じゃなくて、ルチアさんたち、いったいどうやって帰《かえ》ってきたの？」

ルゥルゥが思《おも》わず口《くち》をはさみました。ヤンガさんが人差《ひとさ》し指《ゆび》をふり立《た》てながら、チョチョチョッと口《くち》を鳴《な》らしました。「そこですよ」と言《い》おうとするとき、ヤンガさんがときどき見《み》せるしぐさでした。

「歩《ある》いて帰《かえ》ることにしたっていうんです」

「あらまあ、あそこから？　なんてことでしょ……」

エルダさんが、また首《くび》をふりました。

「ところが、しばらく歩《ある》いたところで、ルチアさんが、すてんと転《ころ》んで、その拍子《ひょうし》に、摘《つ》んだキノコが、袋《ふくろ》からころころ転《ころ》がり出《で》たんですって。そこで、娘《むすめ》さんとふたりで、キノコの歌《うた》を歌《うた》いながら拾《ひろ》ったんですって。知《し》ってます？『ほらそこ、ほらここ、よく見《み》ろキノコ……』とかいう歌《うた》。そうしたら、近《ちか》くにあった開店前《かいてんまえ》のレストランから、料《りょう》理長《りちょう》らしい人《ひと》が出《で》てきて、キノコを買《か》いたいって言《い》ったんですって」

「キノコ売《う》りの親子《おやこ》とまちがえられたんだわね」

と、スゥが言《い》いました。

「そういうことでしょうね。ルチアさん、これは売《う》り物《もの》じゃないので売《う》れませんが、ご入《い》り用《よう》ならどうぞって、ぜんぶあげたんですって」

「まあまあ、どこまでも人《ひと》がいいのねえ」

と、エルダさん。

「するとそこに、なんと新式《しんしき》の自動車《じどうしゃ》が止《と》まって、レストランの持《も》ち主《ぬし》だという紳士《しんし》が、たまたま現《あらわ》れたんだそうです。その人《ひと》はほんとの紳士《しんし》だったんですね。料理長《りょうりちょう》の話《はなし》を聞《き》くと、ルチアさんたちを家《いえ》まで送《おく》り届《とど》けるようにって、運転手《うんてんしゅ》さんに言《い》ってくれたんですって。しかも、運転手《うんてんしゅ》さんは、途中《とちゅう》で自動車《じどうしゃ》を止《と》めて、娘《むすめ》さんに花《はな》を買《か》ってくれたんだそうです。そうするように言《い》われたからって」

ヤンガさんは、話《はな》し終《お》えてふうっと息《いき》をつきました。スゥとルゥルゥは、あのルチアさんの寂《さび》しい家《いえ》の前《まえ》で新式《しんしき》の自動車《じどうしゃ》が止《と》まり、運転手《うんてんしゅ》さんがうやうやしくあけてくれるドアから、ボビーが花束《はなたば》をかかえて、ぴょんととびおりるのを想像《そうぞう》しました。すると、暗闇《くらやみ》の中《なか》で、にっこり笑《わら》って自動車《じどうしゃ》に手《て》をふるボビーの姿《すがた》も、目《め》に浮《う》かびました。ぼやけていくボビーの面影《おもかげ》の中《なか》で、街灯《がいとう》の下《した》で手《て》をふって別《わか》れたときの笑顔《えがお》だけは、今《いま》もそのまま残《のこ》っていたのです。

ヤンガさんが、どこかぼんやりした調子《ちょうし》で付《つ》けたしました。

「ルチアさん、まるであたり前《まえ》のように話《はな》すんですけど、自動車《じどうしゃ》に乗《の》ったことなんて、しかも花束《はなたば》かかえて、ですよ、初《はじ》めてに決《き》まってますよねえ？　あたしだって、一度《ど》もありゃしない」

　するとエルダさんが、

「わたしなら一生《いっしょう》ないでしょうよ。そのかわり、乗《の》り合《あ》い馬車《ばしゃ》を、みすみす二度《ど》も見送《みおく》るようなことも、なかったけれどね……」

と言《い》いました。やっぱり、ぼんやりしているようでした。


　そんなふうに、なにかといえばルチアさんの噂《うわさ》をするものの、ふたりのお手伝《てつだ》いさんが、ルチアさんといっしょに働《はたら》くのをいやがっていたかというと、まったくその反対《はんたい》なのでした。丸《まる》いからだをはずませ、ハミングでもしているようにフンフン鼻息《はないき》をたてながら、元気《げんき》いっぱいに動《うご》くルチアさんがいるおかげで、仕事《しごと》そのものが心楽《こころたの》しくなったことを、ふたりは認《みと》めないわけにいきませんでした。そればかりか、ルチアさんと話《はな》す時間《じかん》を――というよりも、ルチアさんに話《はな》しかける時間《じかん》を、ふたりはそれぞれに、楽《たの》しみにもしていたのです。

ある日《ひ》、スゥとルゥルゥが台所《だいどころ》の隅《すみ》で遊《あそ》んでいると、午後《ごご》のお茶《ちゃ》を飲《の》むエルダさんとルチアさんの話《はな》し声《ごえ》が聞《き》こえてきました。その時《とき》は、ヤンガさんは郵便局《ゆうびんきょく》までおつかいに出《で》ていて、たまたま留守《るす》でした。

エルダさんは、明《あか》るい声《こえ》で、やけにいっしょうけんめいに話《はな》していました。

「もうあと何年《なんねん》かは、ここにお世話《せわ》になるつもり。あたしももう少《すこ》しはがんばれるし、こう言《い》っちゃなんだけど、こんないい働《はたら》き口《ぐち》そうあるもんじゃないもの。でもね、息子《むすこ》が家《いえ》を建《た》てるときにはできるだけのことはしてやって、いっしょに暮《く》らそうと思《おも》ってるの。陽《ひ》の当《あ》たる丘《おか》の上《うえ》の、青《あお》い屋根《やね》の白《しろ》い家《いえ》がいいかなと思《おも》ってるとこ。あたしの部屋《へや》は、二階《かい》の左側《ひだりがわ》の窓《まど》ふたつ分《ぶん》かな……。まわりに木《き》を何本《なんぼん》か植《う》えて、もちろん花《はな》も植《う》えるつもり。でも、塀《へい》はいやだわね。作《つく》るとしても、うんと背《せ》の低《ひく》い、木《き》の柵《さく》のようなのがいいのよ……」

そう言《い》ってエルダさんは、お茶《ちゃ》をすすり、

「ね、どう思《おも》う？　まあね、こんな話《はなし》も、みんな息子《むすこ》の嫁次第《よめしだい》なんだけどさ」

と、ルチアさんに話《はな》しかけたのでした。

ルチアさんは、プフウというような息《いき》をついてから、

「丘《おか》の下《した》を歩《ある》いてる人《ひと》が見《み》あげたら、窓《まど》に青《あお》い空《そら》が映《うつ》って、きれいだと思《おも》いますわ」

と、高《たか》い、張《は》りのある声《こえ》で、きっぱりと言《い》いました。エルダさんが、うれしそうにケラケラと笑《わら》い声《ごえ》をたてました。

スゥとルゥルゥは、そんな様子《ようす》のエルダさんを、めずらしい思《おも》いで、じっと眺《なが》めたのです。

またある日《ひ》の午後《ごご》には、エルダさんがおつかいに出《で》て、ヤンガさんとルチアさんが、お茶《ちゃ》を飲《の》んでいました。ヤンガさんが、もじもじとした様子《ようす》で言《い》いました。

「あたし、村《むら》に、結婚《けっこん》してもいいかなって思《おも》う人《ひと》が、三人《にん》いるの。ひとりは頭《あたま》がよくて、やさしくて、いくじなしなの。ひとりはしっかりしてるけど、みかけが悪《わる》いの。ひとりは、しっかりしてて、みかけも素敵《すてき》だけど、いい仕事《しごと》がないの。だから、あたし、こう見《み》えても、とっても悩《なや》んでるんですよ。三人《にん》とも好《す》きだけど、ちょっとずつ問題《もんだい》があるから、だれがいちばんいいか、どうしてもわからないんですもの。ま、三人《にん》があたしを好《す》きかどうかも、まだわからないんだけど。ルチアさん、どう思《おも》います？　この三人《にん》のこと」

ルチアさんは、

「グーチョキパーみたいだと思《おも》いますわ」

と、答《こた》えました。するとヤンガさんは、スプンをかきまわしていた手《て》を止《と》めて、

「んまあ、でも、ほんとにそうね！」

と言《い》って、けたたましく、でもうれしそうに笑《わら》ったのでした。

スゥとルゥルゥは、ヤンガさんが、顔《かお》をピンクに染《そ》めて笑《わら》う様子《ようす》が、とてもかわいらしく思《おも》えて、この時《とき》は、ついいっしょに笑《わら》ったのでした。

でも、ある時《とき》は、もっとめずらしいことがあったのです。

エルダさんでもヤンガさんでもなく、奥《おく》さまが、二階《かい》に上《あ》がる途中《とちゅう》で足《あし》を止《と》め、階段《かいだん》の手《て》すりをふくルチアさんの姿《すがた》を、ほほえみながら見《み》ていたあとで、ふいに話《はな》しだしたのでした。

「ねえルチアさん、わたしの生《う》まれた家《いえ》には、ここよりも広《ひろ》い庭《にわ》があったの。ああ、でも、もしかすると、小《ちい》さかったからそう見《み》えただけかもしれないんだけど……。池《いけ》があって、蓮《はす》の花《はな》が咲《さ》いていてね。それに、あずまやがあって、バラをからませたアーチがあって。そんなはずはないと思《おも》うのだけど、いつも陽《ひ》が差《さ》していたから、芝生《しばふ》の上《うえ》のテーブルは、パラソルがかかせなかったし、わたしはかならず白《しろ》い帽子《ぼうし》をかぶらされて、遊《あそ》んでたわ。白《しろ》い毛《け》の子犬《こいぬ》がいて、いっしょに駆《か》けて遊《あそ》んでいたのよ。庭《にわ》の奥《おく》は、森《もり》のような木立《こだち》

になっていて、その下《した》から空《そら》を見《み》あげると、光《ひかり》がちらちらまぶしくて……」

階段《かいだん》の中《なか》ほどに立《た》っていた奥《おく》さまは、いつのまにか、ルチアさんの方《ほう》ではなく、窓《まど》の向《む》こうの、鬱蒼《うっそう》と茂《しげ》った庭《にわ》の方《ほう》に目《め》を向《む》けて話《はな》しているのでした。やがて、下《した》の廊下《ろうか》を通《とお》りかかったエルダさんとヤンガさんが足《あし》を止《と》め、奥《おく》さまを見《み》あげながら、話《はなし》に耳《みみ》を傾《かたむ》けはじめたのですが、奥《おく》さまは、それにも気《き》づかない様子《ようす》で、ふたたび、きれいな声《こえ》で続《つづ》けたのです。

「木立《こだち》のまだ奥《おく》には、小《ちい》さな庭園《ていえん》があってね、噴水《ふんすい》をかこむように、いくつも花壇《かだん》があったの。お庭番《にわばん》のおじいさんが、いつも手入《てい》れをしていたんだけど、わたし、本当《ほんとう》は、いっしょにお花《はな》の手入《てい》れがしたかったわ。白《しろ》いお洋服《ようふく》が汚《よご》れるからさせてもらえなくて、つまらなかったけれど。そこには、空色《そらいろ》の小鳥《ことり》も、黄色《きいろ》い小鳥《ことり》も飛《と》んでくるし、そのおじいさんは、小鳥《ことり》たちとおしゃべりができたのよ。どうしてでしょう、あの小《ちい》さな庭園《ていえん》の中《なか》も、いつも陽《ひ》が差《さ》していたの。不思議《ふしぎ》よねえ……。ねえ？　船《ふね》が行《い》く、遠《とお》い遠《とお》い海《うみ》の向《む》こうも、やっぱりあんなふうに、陽《ひ》が差《さ》しているのかしら……」

それから奥《おく》さまは、ルチアさんをみつめて、深《ふか》い深《ふか》いため息《いき》をつくと、静《しず》かに踵《きびす》を返《かえ》して、二階《かい》にあがっていったのです。かくれんぼをしていたスゥとルゥルゥが階段《かいだん》の下《した》に

いたことにも、エルダさんとヤンガさんが下《した》の廊下《ろうか》に立《た》って、見《み》あげていたことにもつい
に気《き》づかないまま。

奥《おく》さまが部屋《へや》に引《ひ》き取《と》ったあと、みなそこにとどまったまま、しばらく、口《くち》をひらこう
とせず、ルチアさんが、何事《なにごと》もなかったように、はずみをつけて手《て》すりを拭《ふ》きつづけるの
を眺《なが》めていたのでした。奥《おく》さまが、子《こ》どもの頃《ころ》の話《はなし》をしたのも、だんなさまの航海《こうかい》のこ
とを口《くち》にしたのも、じつに、それが初《はじ》めてだったのです。

以前《いぜん》と変《か》わらない《たそがれ屋敷《やしき》》の日々《ひび》でありながら、ルチアさんがいることで、か
すかに人々《ひとびと》の様子《ようす》が変《か》わったことはたしかでした。奥《おく》さまの一件《いっけん》は、エルダさんとヤンガ
さんに、そのことをはっきりと気《き》づかせるきっかけにもなったのでした。自分《じぶん》にも身《み》に覚《おぼ》
えのあることとして――。

(ルチアさんの前《まえ》で、なぜ、自分《じぶん》たちは心《こころ》にしまったなにかしら輝《かがや》くような思《おも》いを、表《おもて》
に出《だ》してみたくなるのだろうか……)

でも、そんなことを正面《しょうめん》から考《かんが》えてみるということに、ふたりは慣《な》れていませんでし
た。それはまるで遠《とお》い海《うみ》にただようくらげを思《おも》うように、居心地《いごこち》悪《わる》く不安《ふあん》で、おっくうな

ことでした。さいわい、毎日《まいにち》のこまごまとしたこと――洗濯物《せんたくもの》が乾《かわ》かない天気《てんき》のことや、柵《さく》をなかなか直《なお》しに来《き》てくれない大工《だいく》さんのことや、どうしても落《お》ちない絨毯《じゅうたん》の染《し》みのことなど――のおかげで、ふたりは、その先《さき》を考《かんが》えることなく、暮《く》らすことができたのです。

こうして、かすかな変化《へんか》は、そのままあたり前《まえ》の日々《ひび》の中《なか》に溶《と》け込《こ》んでいきました。

# 12章《しょう》　スゥとルゥルゥ

半年《はんとし》が過《す》ぎ、一年《ねん》が過《す》ぎました。待《ま》っても待《ま》っても来《こ》ないボビーを待《ま》ちつづけたスゥとルゥルゥが、待《ま》つことに疲《つか》れ、待《ま》っていることをとうとう忘《わす》れかけた頃《ころ》、奥《おく》さまのもとに、遠《とお》い国《くに》から一通《つう》の手紙《てがみ》が届《とど》きました。それは、まだもうしばらく戻《もど》れない、ということと、子《こ》どもたちに、家庭教師《かていきょうし》をつけるようにと書《か》き記《しる》した、お父《とう》さまからの手紙《てがみ》でした。

こうして、子《こ》どもたちの暮《く》らしに、新《あたら》しい扉《とびら》がひらかれることになったのです。

あれほどにそっくりだったスゥとルゥルゥが、べつべつの子《こ》どもに変《か》わってゆくのに、時間《じかん》はかかりませんでした。

家庭教師《かていきょうし》として雇《やと》われた、若《わか》く優秀《ゆうしゅう》な、そして、てきぱきとして美《うつく》しい先生《せんせい》は、その年《とし》まで学《まな》ぶことを知《し》らずにいたスゥの心《こころ》を、たちまちとらえたのでした。スゥは、授業《じゅぎょう》に集中《しゅうちゅう》し、どんな話《はなし》であれ一心《いっしん》に耳《みみ》を傾《かたむ》け、教科書《きょうかしょ》をむさぼるように読《よ》み、それだけでは足《た》りずに、先生《せんせい》にさらに本《ほん》をねだりました。そんなスゥに目《め》を見張《みは》った先生《せんせい》は、おおいそぎで奥《おく》さまに言《い》わずにはいられませんでした。

「課外授業《かがいじゅぎょう》をさせてください。博物館《はくぶつかん》、美術館《びじゅつかん》、それに、社会《しゃかい》のことを知《し》るためにも、さまざまな施設《しせつ》を実地《じっち》に見学《けんがく》する必要《ひつよう》があります。スゥのようなやる気《き》のある子《こ》どもには、本《ほん》はもちろん、あらゆる勉強《べんきょう》の機会《きかい》をもって応《こた》えるのが、教育者《きょういくしゃ》の義務《ぎむ》ですもの」

こうして、スゥの世界《せかい》は、先生《せんせい》に導《みちび》かれるままに、どんどん広《ひろ》くひらけていき、曖昧《あいまい》だった物事《ものごと》がくっきりと輪郭《りんかく》を帯《お》びるにつれて、スゥ自身《じしん》が、潑剌《はつらつ》とした少女《しょうじょ》へと成長《せいちょう》していったのです。

けれどルゥルゥの場合《ばあい》は、そのように運《はこ》びはしませんでした。ふたりがいっしょの授《じゅ》業《ぎょう》では年上《としうえ》のスゥの飲《の》み込《こ》みが早《はや》いのは当然《とうぜん》だったとしても、スゥと同《おな》じような姿勢《しせい》で授業《じゅぎょう》を受《う》けることは、ルゥルゥにはできませんでした。でも、先生《せんせい》は、否定的《ひていてき》にルゥルゥを見《み》ることはありませんでした。

「年齢《ねんれい》にふさわしい学習《がくしゅう》は、きちんとなされています。そのうえ、ルゥルゥには優《すぐ》れた鑑賞力《かんしょうりょく》が備《そな》わっているように思《おも》いますの。これは、とてもすてきなことですわ」

たしかに、ある種《しゅ》の科目《かもく》では、ルゥルゥがスゥ以上《いじょう》のひらめきを見《み》せることもあったのです。そして、ふたりのそうしたちがいは、日《ひ》を追《お》うにつれ、いっそう、はっきりしてきたのでした。

ある日《ひ》のこと、居間《いま》のソファーにまるまって、『子供百科全書《こどもひゃっかぜんしょ》』に顔《かお》を埋《うず》めていたスゥの隣《となり》に、ルゥルゥがすりよっていくと、こっそり話《はな》しかけました。

「スゥ、見《み》て見《み》て！　思《おも》い出《だ》さない？　ほらルチアさんが青《あお》い花瓶《かびん》を抱《かか》えてる。ね、まるで、あの食器戸棚《しょっきとだな》から、あれを取《と》り出《だ》したときみたいじゃない？　ほら、あんなに光《ひか》って……」

スゥは、ページの先《さき》の行《ぎょう》に急《いそ》いで目《め》を走《はし》らせてから、顔《かお》をあげました。

「ほんとね」

でも、そのあとでは、また続《つづ》きに読《よ》みふけったのです。

「ねえスゥ」

ルゥルゥが、思《おも》い切《き》ってつぶやきました。

「ボビー……来《こ》ないわね」

ふたりがそのことに触《ふ》れなくなってから、もう長《なが》い月日《つきひ》がたっていたのです。スゥは、聞《き》こえないかのように本《ほん》を読《よ》みつづけてから、ようやくただ、

「うん……そうね」と答《こた》え、

「わ、ねえルゥルゥ、知《し》ってた？　ビクトリア滝《だき》って、幅《はば》が千七百メートルもあるんですってよ！」

と、声《こえ》をはずませたのでした。


ルゥルゥは、今《いま》ではひとりでレースの宝石箱《ほうせきばこ》をあけるようになりました。そこに「宝石《ほうせき》」がないことが、秘密《ひみつ》の冒険《ぼうけん》の証《あかし》だったのは、もうずっと前《まえ》のことでした。今《いま》、ルゥルゥは、宝石箱《ほうせきばこ》の蓋《ふた》をあけるたびに、二度《にど》と目《め》にすることのできない水色《みずいろ》の「宝石《ほうせき》」を思《おも》って、悲《かな》しみにくれるのでした。


ある晩《ばん》、ルゥルゥは、空《から》の宝石箱《ほうせきばこ》をみつめているうちに、とうとう心《こころ》を決《き》めたのでした。

（ボビーがどうしているか、ルチアさんに尋《たず》ねてみよう、今度《こんど》こそ、尋《たず》ねてみよう）

けれども、その機会《きかい》をみつけられずにいるうちに、ルチアさんは《たそがれ屋敷《やしき》》を去《さ》っていったのでした。ルチアさんのひとり娘《むすめ》が、都会《とかい》の学校《がっこう》の特待生《とくたいせい》として受《う》け入《い》れられることに急《きゅう》に決《き》まったから、というのがその理由《りゆう》でした。ふたりは、馬車《ばしゃ》で何日《なんにち》もかかるその大《おお》きな町《まち》へ、引《ひ》っ越《こ》していったのです。

# 13章《しょう》　訪問者《ほうもんしゃ》

何年《なんねん》も何年《なんねん》も過《す》ぎた、ある秋《あき》の日《ひ》でした。白《しろ》いものが混《ま》じった長《なが》い髪《かみ》をひとつに束《たば》ね、すっと背《せ》をのばした女《おんな》の人《ひと》が、《たそがれ屋敷《やしき》》の門《もん》のあたりで立《た》ち止《ど》まり、たしかにここだったかしら、というように、中《なか》の方《ほう》をのぞきこみました。

昔々《むかしむかし》の記憶《きおく》では、塀《へい》の中《なか》は鬱蒼《うっそう》と茂《しげ》った森《もり》のようなところだったはずでした。それとも、そんなふうに思《おも》ったのは、街灯《がいとう》の下《した》で見《み》たせいだったのかしら……。その人《ひと》は、きれいに刈《か》り込《こ》まれた芝生《しばふ》や、紫色《むらさきいろ》の花《はな》が咲《さ》く、よく手入《てい》れのされた庭《にわ》を見《み》ながら、そんなことを考《かんが》えていたのでした。

「あの、こちらに、なにか……？」

声《こえ》がして、その人《ひと》は初《はじ》めて、日除《ひよ》け用《よう》のボンネットをかぶった女《おんな》の人《ひと》が、庭《にわ》いじりをしていたことに気《き》がつきました。

「あ、あのう、こちらは、その、《たそがれ屋敷《やしき》》というお宅《たく》でしたでしょうか……」

すると、ボンネットの女《おんな》の人《ひと》は、ちょっと困《こま》ったような笑《え》みを浮《う》かべながら、それでも近《ちか》づいてきて、親切《しんせつ》に答《こた》えてくれました。

「今《いま》でも、そんなふうにおっしゃる方《かた》がいらっしゃるとは、驚《おどろ》きですわ。ええ、たしかにそうです。でも、わたしどもが、前《まえ》の方《かた》からここを買《か》って住《す》みはじめて、もうずいぶんになるんですのよ。立派《りっぱ》な木《き》を何本《なんぼん》も切《き》るのは心《こころ》が痛《いた》みましたが、一刻《いっこく》も早《はや》く、その呼《よ》び名《な》を返上《へんじょう》して、明《あか》るい庭《にわ》にしたかったものですからね」

「そうでしたか。存《ぞん》じあげませんで、失礼《しつれい》いたしました。あのう、前《まえ》の方《かた》が、その後《ご》どうされたか、なにかご存《ぞん》じではないでしょうか」

ボンネットの女《おんな》の人《ひと》は、首《くび》をかしげ、

「女学校《じょがっこう》の先生《せんせい》をされてるという方《かた》が、以前《いぜん》の持《も》ち主《ぬし》だとは、うかがっていましたけれど、その後《ご》のことは……」

そして、その人《ひと》は、古《ふる》くからある郊外《こうがい》の寄宿学校《きしゅくがっこう》の名前《なまえ》をあげたのです。

長《なが》い髪《かみ》の女《おんな》の人《ひと》は――それは、あれから何歳《なんさい》も何歳《なんさい》も年《とし》を重《かさ》ねたボビーだったのですが――すっかり様変《さまが》わりのした《たそがれ屋敷《やしき》》を後《あと》にして駅《えき》へと向《む》かい、郊外《こうがい》行《い》きの列《れっ》車《しゃ》を待《ま》ったのでした。

小《ちい》さな駅舎《えきしゃ》を出《で》て、ようやくたどりついた放課後《ほうかご》の学校《がっこう》は、ついさっきまで女生徒《じょせいと》たちでにぎわっていたらしい、ほのかなぬくもりに包《つつ》まれていました。

そんな校舎《こうしゃ》の応接室《おうせつしつ》のソファーに腰《こし》をおろし、ボビーは、スゥが現《あらわ》れるのを待《ま》ちました。あのスゥが、ここの教頭先生《きょうとうせんせい》だなんて、と一瞬驚《いっしゅんおどろ》いたものの、あれから四十数年《すうねん》もたったことを思《おも》うと不思議《ふしぎ》なことではありませんでした。

頭《あたま》をめぐらせ、何気《なにげ》なく部屋《へや》の中《なか》を見回《みまわ》したとき、ボビーは、壁《かべ》に飾《かざ》られた絵《え》に、はっと息《いき》をのみました。白《しろ》い正方形《せいほうけい》の額《がく》にはいっていたのは、細《ほそ》い一本《ぽん》の木《き》の絵《え》でした。輝《かがや》くような美《うつく》しい水色《みずいろ》の実《み》がたわわになり、水色《みずいろ》の光《ひかり》を、まわりにほんのりまき散《ち》らしていました。まるい水色《みずいろ》の実《み》は、まるでガラスのようで、ふれあうたびに、カラカラザラザラと、硬《かた》い音《おと》をたてそうに見《み》えました。

同《おな》じ木《き》を、ボビーは、かつてたしかに見《み》たように思《おも》いました。でも、見《み》たのではなく、あの日《ひ》、アイロンをかけながら語《かた》ってくれたサラおばさんの言葉《ことば》に誘《さそ》われて、ボビーがテラスの向《む》こうに描《えが》き出《だ》した心《こころ》の中《なか》の木《き》にちがいありませんでした。

（あれはピピン叔父《おじ》さんの木《き》だわ……）

ボビーが、思《おも》わず腰《こし》を浮《う》かしかけたとき、ドアがノックされ、時《とき》をおかずに紺色《こんいろ》のスーツを着《き》た人《ひと》がはいってきました。

「お待《ま》たせいたしました。ちょっと取《と》り込《こ》んでいたものですから」

それは、教頭先生《きょうとうせんせい》という肩書《かたが》きにふさわしい、しっかりした婦人《ふじん》になった、スゥその人《ひと》でした。ただ、眼鏡《めがね》の奥《おく》の、ふとした目《め》の表情《ひょうじょう》を見《み》たとき、ボビーは、自分《じぶん》の目《め》をすがるようにのぞきこんだ、あの夜《よ》の女《おんな》の子《こ》の大《おお》きな目《め》が、たしかにそこにあるのがわかったのです。

「お忙《いそが》しいところを、とつぜんおうかがいして申《もう》し訳《わけ》ありません。スゥさんでいらっしゃいますね？　わたし、ボビーです。……昔《むかし》、お宅《たく》でお世話《せわ》になっておりました、ルチアという者《もの》の娘《むすめ》です」

スゥは、まあっ……というような、短《みじか》い小《ちい》さな声《こえ》をあげました。でも、少女《しょうじょ》の頃《ころ》のボビーを、くっきりと思《おも》い起《お》こしたために驚《おどろ》いている、というふうではありませんでした。初《はじ》めて会《あ》う人《ひと》にいつもそうするように、手《て》をさしだして握手《あくしゅ》をすませると、スゥは、向《む》かい側《がわ》のソファーに、腰《こし》をおろしました。

「ええ、ええ、覚《おぼ》えておりますわ。ルチアさん……。そしてボビーさん……。小《ちい》さいときに、わたしと妹《いもうと》とふたりで、夜道《よみち》を歩《ある》いてお宅《たく》まで行《い》ったんだとか。でもごめんなさい、わたしは、じつはよく覚《おぼ》えていないんですの……」

「無理《むり》ありませんわ。遠《とお》い遠《とお》い昔《むかし》のことですもの」

ボビーは、静《しず》かにほほえみ、どうしたものかしらというように、ちょっと言《い》いよどみました。するとスゥが、埋《う》め合《あ》わせをするかのように、話《はな》しだしました。

「でも妹《いもうと》の方《ほう》は――ルゥルゥですわ――わたしとちがって、とてもよく覚《おぼ》えていたみたいです。わたしは十三で、ここの寄宿生《きしゅくせい》になったので、もうずっとあそこには住《す》んでいなかったのですが、母《はは》が亡《な》くなって屋敷《やしき》を売《う》りに出《だ》すことになった折《おり》にしばらく滞在《たいざい》して、久《ひさ》しぶりに、妹《いもうと》と思《おも》い出話《でばなし》などしたのです。その時《とき》、妹《いもうと》が、夜道《よみち》を歩《ある》いた話《はなし》を持《も》ちだしましてね、そういえばそんなことがあったわって思《おも》ったのです。――もっとも、それももうずいぶん前《まえ》のことになりますわ。母《はは》が亡《な》くなって何年《なんねん》になるのかしら……そう、二十年《ねん》ですもの」

「ルゥルゥさんは、今《いま》はどちらに？」

ボビーは遠慮《えんりょ》がちに尋《たず》ねました。

するとスゥは、静《しず》かにため息《いき》をついたあと、言《い》いました。

「妹《いもうと》は、旅《たび》に出《で》ているのです。わたしたちの父《ちち》というのは、船乗《ふなの》りで、ほとんど家《いえ》にいることがないまま、異国《いこく》で亡《な》くなったんですが、そんな血《ち》を受《う》け継《つ》いだのでしょうか、妹《いもうと》は、屋敷《やしき》を手放《てばな》したあと、どこに行《い》くとも言《い》わずに、旅立《たびだ》っていきました。驚《おどろ》いてしまいますわ。生《う》まれてから、あの《たそがれ屋敷《やしき》》を、ほとんど一歩《いっぽ》も出《で》ることなく、ずっとずっと暮《く》らしてきた妹《いもうと》に、そんなことができるなんて！」

「……ルゥルゥさん、旅《たび》に出《で》たきり、なんですの？」

ボビーの声《こえ》の調子《ちょうし》に、なにかはりつめたものを感《かん》じたのでしょう。スゥは、少《すこ》したじろいだ様子《ようす》で、うなずきました。

「ええ……。でも一度《いちど》だけ、短《みじか》い手紙《てがみ》といっしょに絵《え》が送《おく》られてきましたわ」

そして、壁《かべ》の方《ほう》を向《む》くと、絵《え》を指差《ゆびさ》したのです。

「あれがその絵《え》です。旅先《たびさき》で妹《いもうと》が描《か》いたのだそうです。ちょうどあの壁《かべ》があいていたのでかけさせてもらいましたの」

「見《み》て描《か》かれたのでしょうか？」

絵《え》をみつめたままかすれるような声《こえ》でボビーは尋《たず》ねました。スゥは首《くび》をふりました。

「添《そ》え書《が》きには、こうありましたわ。『旅《たび》で知《し》り合《あ》った人《ひと》から聞《き》きました。こんな実《み》のなる木《き》があるそうです』って。どういうんでしょう……なぜか心《こころ》がひかれるんですの、あの水色《みずいろ》の実《み》に……」

するとボビーは、スゥの方《ほう》に向《む》き直《なお》って、いずまいを正《ただ》すと、思《おも》いきったように口《くち》をひらきました。

「こちらにおうかがいしましたのは、長《なが》いことおあずかりしていたものを、お返《かえ》ししようと思《おも》いたったからなのです」

ボビーは、バッグの中《なか》から、手《て》のひらにのるほどの小《ちい》さな箱《はこ》と封筒《ふうとう》を取《と》り出《だ》し、テーブルに置《お》きました。

「手紙《てがみ》は、ゆうべ、スゥさんとルゥルゥさんに宛《あ》てて書《か》きました。手紙《てがみ》をおわたししようかどうか、じつは今《いま》の今《いま》まで迷《まよ》っていました。書《か》きはじめたとたん、過《す》ぎた年月《ねんげつ》のことを忘《わす》れてしまい、勝手《かって》にどんどんペンを走《はし》らせてしまったものですから。でも決心《けっしん》がつきました。なにしろ昔《むかし》の話《はなし》です。戸惑《とまど》われるところもおありでしょうが、『お手《て》すきの折《おり》に、お読《よ》みになってください』と、思《おも》いきって言《い》うことにしますわ」

そしてボビーは、まっすぐに顔《かお》をあげ、スゥに、にっこりほほえみかけて、いとまごいをしたのでした。

# 14章《しょう》　ボビーの手紙《てがみ》

教員《きょういん》たちが皆帰《みなかえ》ったあとの、しんとした暗《くら》い職員室《しょくいんしつ》の片隅《かたすみ》で、スゥは机《つくえ》の上《うえ》の明《あ》かりをともし、今《いま》やっとボビーの手紙《てがみ》をひらきました。

『なつかしいスゥとルゥルゥへ

スゥさん、ルゥルゥさん、あなた方《がた》との約束《やくそく》を、こんなに長《なが》いあいだ、果《は》たさずにいたことを、どんな言葉《ことば》であやまったらいいのかわかりません。あなた方《がた》の宝石《ほうせき》があまりにきれいで、すぐに返《かえ》すにしのびず、もう少《すこ》し、もう少《すこ》しと思《おも》ううちに、いつしかわたしの宝物《たからもの》のようになってしまったのです。それでも、瓶詰《びんづめ》の中身《なかみ》と宝石《ほうせき》を見比《みくら》べておくというあの約束《やくそく》を、忘《わす》れたことはなかったのです。

ふたつは、そっくりでした。触《ふ》れてみないかぎり、見分《みわ》けることはできないでしょう。

まるでその実《み》が固《かた》まって、宝石《ほうせき》にでもなったみたいでした。でも、そんなことが有《あ》り得《え》ないとすると、これほどまでに似《に》ている理由《りゆう》がなんなのか、それがどうしてもわかりませんでした。けれど、最近《さいきん》になってようやく、わたしなりの答《こた》えがみつかったのです。

じつは最近《さいきん》、母《はは》が亡《な》くなりました。

打《う》ち明《あ》けるところから始《はじ》めましょう。わたしの目《め》に、母《はは》が光《ひか》って見《み》えたことは、一度《いちど》もありませんでした。真夜中《まよなか》に水色《みずいろ》のジュースを飲《の》むなどといったのも、軽《かる》くついた嘘《うそ》だったのです。あきれた小娘《こむすめ》でしょう？　ですから、母《はは》が食器戸棚《しょっきとだな》から瓶詰《びんづめ》を取《と》り出《だ》し、水《みず》色《いろ》の実《み》をコップに入《い》れて飲《の》み出《だ》したときには、わたし、本当《ほんとう》に本当《ほんとう》に仰天《ぎょうてん》しました。でも、あの時《とき》も、わたしの目《め》には母《はは》が光《ひか》ってるようには見《み》えなかったのです。そしておそらく、あなた方《がた》のほかに、そう見《み》えた人《ひと》はいなかったのだと思《おも》います。

瓶《びん》の中身《なかみ》がなんだったのか、思《おも》いのほか簡単《かんたん》にわたしは知《し》りました。何十年《なんじゅうねん》も前《まえ》に亡《な》くなった母《はは》の叔父《おじ》――ピピン叔父《おじ》といいます――が、育《そだ》てた果実《かじつ》だったのです。もっとも、こうあっさりと書《か》いてしまうには、あまりに得体《えたい》の知《し》れない、奇妙《きみょう》な果実《かじつ》だったのですけれど。なにしろ、どこからも遠《とお》いところで採《と》れたという種《たね》を植《う》えたところ、芽《め》が出《で》て木《き》が伸《の》び、見《み》たことのないような、水色《みずいろ》の実《み》がなった、というのですから（こういった話《はなし》は、ピピン叔父《おじ》の娘《むすめ》が話《はな》してくれたのです）。

わたしはそれ以来《いらい》、ひとりでいろいろなことを考《かんが》えました。水色《みずいろ》の実《み》のこと、水色《みずいろ》の玉《たま》のこと、あなた方《がた》のこと、母《はは》のこと、ピピン叔父《おじ》のこと、そして、あなた方《がた》のお父《とう》さまのことまで。考《かんが》えたって始《はじ》まらないのに、考《かんが》えずにはいられなかったのです。だって、どうしてあなた方《がた》には、母《はは》が光《ひか》って見《み》えたのでしょう、水色《みずいろ》の玉《たま》を持《も》っていた、あなた方《がた》にだけ！　何年《なんねん》も考《かんが》えつづけたあげく、やっと答《こた》えをみつけたのは、病《やまい》の床《とこ》にあった母《はは》が、初《はじ》めて口《くち》にした言葉《ことば》を聞《き》いたときでした。

母《はは》がどんな人《ひと》なのか、娘《むすめ》のわたしが客観的《きゃっかんてき》に見《み》るのはむずかしいことでした。でも、世間《せけん》の人《ひと》たちを少《すこ》しずつ知《し》るうちに、たいそうめずらしい人《ひと》なのではないかと思《おも》うようになりました。だって、母《はは》がため息《いき》をついたり、愚痴《ぐち》をこぼしたり、人《ひと》を批判《ひはん》したりするのを、一度《いちど》も聞《き》いたことがないのですから。そのかわり、なにかに執着《しゅうちゃく》したり、なにかを特別《とくべつ》に愛《あい》するというようなところもないのでした。およそ、どんな事《こと》であれ受《う》け入《い》れて、淡々《たんたん》としている、というふうだったのです。お金《かね》が盗《ぬす》まれたときも、仕事先《しごとさき》がなくなったときもそうでしたから、わたしなど、わたしたち親子《おやこ》が相当貧《そうとうまず》しい暮《く》らしをしているってことにさえ、ずっと気《き》づかずにいたのです。母《はは》は、どんな時《とき》にも、つねに、なにかに満《み》たされているように見《み》えました。どうしていつも、あんなふうでいられるのだろう？　おとなになるにつれ、わたしは、不思議《ふしぎ》に思《おも》うようになりました。――きっと水色《みずいろ》の実《み》のせいだ――。わたしは何度《なんど》も思《おも》いました。でもそれは、頭《あたま》をかすめるたびに消《き》えていく、思《おも》いつき以上《いじょう》のものではありませんでした。

母《はは》が亡《な》くなる少《すこ》し前《まえ》のことです。わたしは、それまで一度《いちど》も話題《わだい》にしたことのなかった瓶詰《びんづめ》のことを、ついに尋《たず》ねてみたのでした。すると母《はは》は、驚《おどろ》いた様子《ようす》もなく、こう言《い》ったのでした。「あれはね、ここじゃない、どこか遠《とお》くの味《あじ》がするの。ごくごく飲《の》むと、まるで、どこか遠《とお》くのきらきらしたところが、そのままおなかに入《はい》ってくるようなの」と。

それを聞《き》いたとたん、それまで漠然《ばくぜん》としていたわたしの思《おも》いが、すうっとまとまったのでした。ばらばらだった事柄《ことがら》が、ごく自然《しぜん》に結《むす》び付《つ》き、ひとつになったのです。ああ、そうだったのだ、そういうことだったのだと、病《やまい》で伏《ふ》している人《ひと》の枕元《まくらもと》で、ほおっと息《いき》をついたほどでした。

母《はは》の性格《せいかく》や人柄《ひとがら》は、たぶんに、生《う》まれついてのものだったろうと思《おも》います。でも、母《はは》の心《こころ》を満《み》たしていたものは、「どこか遠《とお》くのきらきらしたところ」だったにちがいありません。そのような場所《ばしょ》が、からだの中《なか》に溶《と》け込《こ》んでいたからこそ、つねに、静《しず》かな喜《よろこ》びとともにいられたのだ、そう思《おも》うのです。母《はは》は、「ここ」に根《ね》をおろし、毎日《まいにち》たんたんと働《はたら》きながら──それはもう、はずむように働《はたら》いていたのです──行《い》ったことも見《み》たこともない「どこか」を、内《うち》に抱《かか》えていたのです。それは、「ここ」にいながら、同時《どうじ》に「どこか」にもいる、ということにほかならないでしょう。そういう人《ひと》であってみれば、「どこか」に恋《こ》い焦《こ》がれる必要《ひつよう》など、あるはずがないのです。

むろん、「どこか」に恋《こ》い焦《こ》がれて生《い》きた人《ひと》たちのことを、批判《ひはん》することなどできません。でも、もしも「どこか」が「ここ」とひとつになり得《え》たなら、その人《ひと》たちは──そして、周囲《しゅうい》の人《ひと》たちは──もっとしあわせだったのではないでしょうか。こう書《か》きながら、わたしは、ピピン叔父《おじ》のこと、そしてじつは、(失礼《しつれい》をお許《ゆる》しくださいね)あなた方《がた》のお父《とう》さまのことを、思《おも》わずにはいられないのですけれど……。ピピン叔父《おじ》が、そんな種《たね》を手《て》に入《い》れて、丹精《たんせい》込《こ》めて栽培《さいばい》したのも、ひとえに「どこか」に惹《ひ》きつけられていたためでした。そして、あなた方《がた》のお父《とう》さまは、「どこか」を訪《おとず》れ、水色《みずいろ》の玉《たま》を持《も》って家《いえ》に帰《かえ》られたあと、再《ふたた》び、そこに向《む》かわれたのではないでしょうか。

水色《みずいろ》の実《み》のなるところと、お父《とう》さまが向《む》かわれたところが、同《おな》じところなのかどうかは、わかりません。でもきっとそこは、「どこか遠《とお》くのきらきらしたところ」なのだと思《おも》います。水色《みずいろ》の実《み》と玉《たま》が、あれほど似《に》ているのも、そのためなのではないでしょうか。

ところで、ピピン叔父《おじ》は、その実《み》を採《と》って食《た》べたのがもとで亡《な》くなったと言《い》われていました。それを承知《しょうち》で、母《はは》は瓶詰《びんづめ》にしたのです。そういう母《はは》の無謀《むぼう》さも、わたしには理解《りかい》できませんでした。ですから母《はは》が、さきほどの会話《かいわ》に続《つづ》けて、「そうだ、食《た》べてみたらいいよ。まだ残《のこ》ってるもの」と言《い》いそえたときには、ピピン叔父《おじ》が亡《な》くなった理由《りゆう》を、口《くち》にせずにはいられませんでした。すると母《はは》は、あっさり否定《ひてい》したのです。「叔父《おじ》さんはたまたま死《し》んだんだよ。いっしょにわたしももいで食《た》べたけど、死《し》ななかったもの」と。「じゃあなぜ皆《みな》に黙《だま》っていたの？」ときくと、母《はは》は、さあ、と考《かんが》えてから、「死《し》んじゃったんだもの、おんなじだよ」と言《い》い、あくびをして、それきりその話《はなし》はおしまいになったのでした。

さて、母《はは》にそう言《い》われたあと、わたしはついに瓶詰《びんづめ》の味見《あじみ》を試《こころ》みました。あの晩《ばん》の光景《こうけい》を覚《おぼ》えているかしら？　母《はは》は、水色《みずいろ》の実《み》をひと粒《つぶ》、コップの水《みず》に落《お》としてかきまぜていたでしょう？　わたしも同《おな》じようにやったのです。母《はは》のように真夜中《まよなか》の台所《だいどころ》で。甘《あま》い不《ふ》思議《しぎ》な香《かお》りがたちのぼりました。――でも、ほんのひとなめしただけで、コップを置《お》いてしまいました。ひどく奇妙《きみょう》な味《あじ》に思《おも》えたのです。どうして母《はは》は、これをおいしく飲《の》めるのだろうと、驚《おどろ》かずにいられませんでした。だって、変《か》わった味《あじ》を好《この》むようなところは、母《はは》には、少《すこ》しもなかったのですから。わたしはふと、水色《みずいろ》の実《み》の方《ほう》が、わたしを拒《こば》んだだけなのかもしれない、と思《おも》いました。母《はは》が口《くち》にしたとたん、水色《みずいろ》の実《み》は、よろこんで本当《ほんとう》の姿《すがた》をあらわし、きらきらと、のどの奥《おく》へ流《なが》れていくのかもしれない、と。そう考《かんが》えるしかないくらい、奇妙《きみょう》な味《あじ》に思《おも》えたのでした。――なるほど、これをおいしいと感《かん》じ、受《う》け入《い》れることのできた母《はは》だからこそ、「どこか遠《とお》くのきらきらしたところ」をからだの中《なか》に取《と》り込《こ》む、などということが、すんなりできたのだろうな……。わたしは、半《なか》ば呆《あき》れ、半《なか》ば感心《かんしん》しながら、水色《みずいろ》に輝《かがや》くコップの水《みず》に、ただ見入《みい》っていたのです。

こんなことを言《い》ったあとで申《もう》しあげるのは、ためらわれるのですが、その時《とき》わたしは、あなた方《がた》ならば、これをさらりと飲《の》めるのだろうな、と思《おも》ったのでした。だって、光《ひか》って見《み》えるという母《はは》を追《お》って、夕暮《ゆうぐ》れの道《みち》をやってきた、あなた方《がた》ですもの。

そうです。なぜ、あなた方《がた》にだけは、母《はは》が光《ひか》って見《み》えたのでしょう? わたしはこう思《おも》うのです。あなた方《がた》が、「どこか遠《とお》くのきらきらしたところ」を、ひたむきに、まっすぐに思《おも》っていたために、母《はは》の中《なか》に溶《と》け込《こ》んでいるものが見《み》えたのではないかしら、と。ほかの人《ひと》にそう見《み》えなかったのは、だれも、あなた方《がた》のように強《つよ》く、そこを思《おも》ってなどいなかったからではないでしょうか。ほら、興味《きょうみ》のない事《こと》って、目《め》の前《まえ》を素通《すどお》りしていくものでしょう？ それと同《おな》じではないでしょうか。

瓶詰《びんづめ》を母《はは》の棺《ひつぎ》に入《い》れて、いっしょに葬《ほうむ》ったあと、わたしの手元《てもと》には、あなた方《がた》の水色《みずいろ》の玉《たま》がひとつ残《のこ》りました。それを見《み》ているうちに、わたしは気《き》づいたのです。これは、あなた方《がた》にとっての「どこか遠《とお》くのきらきらしたところ」そのものだったのだと。すると、あなた方《がた》との、あの真夜中《まよなか》の約束《やくそく》を、今《いま》すぐにでも果《は》たしたくてたまらなくなったのです。そうして、これまでの思《おも》いを、どうしても伝《つた》えたくなったのです。だって思《おも》ってもみてください。いったいあなた方以外《がたいがい》に、このようなことを書《か》いて伝《つた》えられる人《ひと》がいるでしょうか！

最後《さいご》に、お礼《れい》を言《い》わせてください。

あの遠《とお》い晩《ばん》、あなた方《がた》が現《あらわ》れたとき、そうとは気《き》づかずに、わたしは自分《じぶん》の道《みち》を歩《ある》きはじめたのだと思《おも》います。それまで、考《かんが》えるということを、まったく知《し》らなかったわたしは、その時《とき》から少《すこ》しずつ、考《かんが》えることを覚《おぼ》えました。しあわせというのは、どういうことなのだろう、というようなことをです。容易《ようい》に答《こた》えのみつからない問《と》いを、ぐるぐる考《かんが》えて過《す》ごした時間《じかん》の、なんと多《おお》かったことでしょう。心《こころ》の満《み》たされた働《はたら》き者《もの》の母《はは》には、とんと縁《えん》のないことだったろうと思《おも》います。

わたしも、水色《みずいろ》の実《み》をおいしいと感《かん》じられたらよかったのに、と思《おも》わないわけではありません。でも、そんなあれこれについて思《おも》いをめぐらせながら過《す》ごすことの方《ほう》が、わたしには向《む》いていたのだと思《おも》います。だって、そうしているときの自分《じぶん》がいちばん自分《じぶん》らしく思《おも》えたのですから。そして、楽《たの》しかったのですから。とすれば、これが、わたしにとってのしあわせということなのでしょう。

スゥさん、ルゥルゥさん、ありがとう。お元気《げんき》で。

ボビー』

# 15章《しょう》　スゥ

スゥは、ゆっくりと手紙《てがみ》を置《お》き、老眼鏡《ろうがんきょう》をはずすと、長《なが》い長《なが》い息《いき》をつきました。スゥは、とまどっていました。語《かた》りかけられているのは外《ほか》ならぬ自分《じぶん》だというのに、他人《たにん》あての手紙《てがみ》を読《よ》まされたような、居心地《いごこち》の悪《わる》さを覚《おぼ》えました。けれど、心《こころ》を、なにかしら、ちくちくと刺激《しげき》する手紙《てがみ》だったことも、たしかでしたし、思《おも》い当《あ》たる部分《ぶぶん》もありました。

（そう……ルチアさんて、光《ひか》ってたのよ……）

それに、ルゥルゥが描《か》いた絵《え》は、どうも、手紙《てがみ》にあるピピン叔父《おじ》さんの木《き》らしいという察《さっ》しもつきました。

けれど、もっとなにかを思《おも》いだそうとしても、霧《きり》の向《む》こうに閉《と》ざされた幼《おさな》い日々《ひび》にたどり着《つ》くことは、どうしてもできませんでした。スゥは首《くび》をふり、ようやく、机《つくえ》の上《うえ》の小箱《こばこ》に手《て》をのばしました。いったいなにが出《で》てくるのだろうと、スゥは緊張《きんちょう》しました。

「あなた方《がた》の宝石《ほうせき》」ってなんなの？　あずかっていたものって？　息《いき》を詰《つ》め、そっと蓋《ふた》をあけたとき、スゥは、あっと叫《さけ》びました。

スゥの目《め》に、とつぜん、子《こ》ども部屋《べや》の光景《こうけい》が浮《う》かびました。洋服箪笥《ようふくだんす》の引《ひ》き出《だ》しにしまったレースの宝石箱《ほうせきばこ》からそっと取《と》り出《だ》し、ルゥルゥといっしょに部屋《へや》の明《あ》かりにかざした宝石《ほうせき》。お父《とう》さまの、遠《とお》い国《くに》からのおみやげ……。ふたりでため息《いき》をつきながら、思《おも》いを馳《は》せた、遠《とお》い海《うみ》の向《む》こうにある、喜《よろこ》びや望《のぞ》みそのもの……。スゥは、ふるえる指先《ゆびさき》で、やっと水色《みずいろ》の玉《たま》を取《と》り出《だ》すと、光《ひかり》にかざしてみました。金《きん》と銀《ぎん》の粉《こな》が舞《ま》い、海《うみ》の夕陽《ゆうひ》が溶《と》けているのが見《み》えるようでした。それに妖精《ようせい》のため息《いき》も高原《こうげん》の風《かぜ》も……。そして、これにそっくりだったルチアさんの姿《すがた》も……。

スゥは机《つくえ》の引《ひ》き出《だ》しから鍵束《かぎたば》を取《と》り出《だ》すと、水色《みずいろ》の玉《たま》をにぎったまま職員室《しょくいんしつ》をとびだしました。そして、ついさっきかけたばかりの応接室《おうせつしつ》の鍵《かぎ》をあけて中《なか》にはいりました。

ぼんやりした白熱灯《はくねっとう》の明《あ》かりの中《なか》で、ルゥルゥが描《か》いた絵《え》が静《しず》かに輝《かがや》いて見《み》えました。スゥは、その前《まえ》に立《た》つと、手《て》の中《なか》の玉《たま》と、水色《みずいろ》の実《み》を見《み》くらべました。水色《みずいろ》の玉《たま》は、まるでたった今《いま》、枝《えだ》からひとつもぎとったばかりの実《み》のようでした。

「ああ、ルゥルゥ……！」

ルゥルゥがどこへ行《い》こうとして旅立《たびだ》ったのか、スゥはやっと今知《いまし》ったのです。まるで水色《みずいろ》の玉《たま》が、深《ふか》い霧《きり》を追《お》い払《はら》ったかのように、遠《とお》い日《ひ》の光景《こうけい》が、スゥの目《め》の前《まえ》に次々《つぎつぎ》と浮《う》かびあがりました。暗闇《くらやみ》のなかの、ぼさぼさ髪《がみ》の少女《しょうじょ》の姿《すがた》まで、今《いま》では思《おも》い描《えが》くことができました。木戸《きど》に肘《ひじ》をのせながら、低《ひく》い声《こえ》で話《はな》すボビー、街灯《がいとう》の下《した》で宝石《ほうせき》をのぞくボビー、ボビーのなんとおとなびて見《み》えたこと……。

（そうよ、屋敷《やしき》を抜《ぬ》けだしたのよ、夕方《ゆうがた》、マントを羽織《はお》って。ああ、あの時《とき》のドキドキしたこと！　お店《みせ》の前《まえ》を通《とお》って、石《いし》のごろごろした寂《さび》しい坂《さか》をのぼって……。ほら、それにのぞいたじゃない、真夜中《まよなか》の台所《だいどころ》、そうよ、ルチアさん、水色《みずいろ》のものを飲《の》むたびに、きらっきらって、光《ひか》ったのよ！　わたし、どうして忘《わす》れていたのかしら）

最後《さいご》にルゥルゥに会《あ》い、その話《はなし》をした時《とき》には、なぜ思《おも》い出《だ》せなかったのか、スゥは不《ふ》思議《しぎ》でした。

（あの時《とき》、この宝石《ほうせき》が手元《てもと》にあったら、思《おも》い出《だ》していたかしら……）

そうスゥは思《おも》いかけて、首《くび》を振《ふ》りました。

（あの頃《ころ》は、がむしゃらだった。仕事《しごと》と勉強《べんきょう》と子《こ》どものことで、もういっぱいだった。そこへもってきて、お母《かあ》さまのお葬式《そうしき》やら屋敷《やしき》のことやら、エルダさんとヤンガさんの身《み》の振《ふ》り方《かた》からお手当《てあ》てのことまで、することがいっぱい重《かさ》なって……。そうよ。ルゥルゥが思《おも》い出話《でばなし》をするのを聞《き》きながら、それどころじゃないでしょうって、わたし、思《おも》っていた気《き》がする……。お母《かあ》さまが亡《な》くなったのさえ、ゆっくり悲《かな》しんでなんか、いられなかった。お母《かあ》さまに、なんて可哀相《かわいそう》なことをしたのかしら……）

さまざまの思《おも》いが、寄《よ》せる波《なみ》のように後《あと》になり先《さき》になり、年月《ねんげつ》を飛《と》びこえて現《あらわ》れ出《で》ては、その時《とき》どきへと、スゥを連《つ》れてゆきました。

スゥの目《め》には今《いま》、階段《かいだん》の途中《とちゅう》に立《た》ちどまり、子《こ》ども時代《じだい》の庭《にわ》について話《はな》す、うれしそうな母親《ははおや》の姿《すがた》が見《み》えました。あの日《ひ》の母親《ははおや》の姿《すがた》だけは、まるで一枚《まい》の絵《え》のように、スゥの記憶《きおく》の壁《かべ》に掛《か》かったまま、今《いま》もなお残《のこ》っていたのです。記憶《きおく》の中《なか》で、そのあたりが明《あか》るく光《ひか》っているのは、そばに、ルチアさんがいたせいもあったのでしょうか。

（お母《かあ》さまは、遠《とお》い海《うみ》の向《む》こうの、いったいなにが、お父《とう》さまをそんなにも惹《ひ》きつけるのだろうと、戸惑《とまど》いつづけたにちがいないわ。同《おな》じものを同《おな》じように思《おも》ってみたかったにちがいないのに、それができなかったんだわ……）

そして、お母《かあ》さまの行《い》き場《ば》のない思《おも》いは、輝《かがや》いていた子《こ》どものころの庭《にわ》へと向《む》けられていったのだ、スゥは今《いま》はじめて、そう思《おも》いいたったのでした。

（……可哀相《かわいそう》なお母《かあ》さま。いつでもため息《いき》をついていたわ……）

でもスゥは、自分《じぶん》はぜんぜんちがう、と言《い》い切《き》ることが、なぜかできない気《き》がしました。似《に》ても似《に》つかぬ生《い》き方《かた》をしてきたはずなのに――。

スゥは、水色《みずいろ》の玉《たま》にゆっくり目《め》を落《お》とし、父親《ちちおや》のことを思《おも》いました。長《なが》い航海《こうかい》から、もうじきお帰《かえ》りになる、そう思《おも》っていた家族《かぞく》のもとに届《とど》いたのは、「もっともっと長《なが》い航海《こうかい》になりそうだ」と書《か》かれた手紙《てがみ》でした。そしてそれが、お父《とう》さまからの最後《さいご》の手紙《てがみ》になったのでした。おとうさまは、それきり二度《にど》と、戻《もど》ってはこなかったのです。

（お父《とう》さまは、どこか遠《とお》くのきらきらしたところへ行《い》ってしまわれたのかもしれない。ボビーが言《い》うように、この宝石《ほうせき》を見《み》つけた、どこかへ……）

「ここ」ではない「どこか」を思《おも》って暮《く》らすことなど、スゥには考《かんが》えられないことでした。教職《きょうしょく》のほか、いくつかの役職《やくしょく》にもついていたスゥには、こなさなければならない仕《し》事《ごと》がたくさんありました。家庭《かてい》もありました。スゥは、たゆまずに前《まえ》に進《すす》み、力《ちから》も地位《ちい》もゆたかな暮《く》らしも、みな自分《じぶん》で手《て》に入《い》れて、今《いま》ここにいるのでした。「ここ」こそが、すべてと言《い》ってもいいほどでした。それなのに、時折《ときおり》、悲《かな》しくもなく楽《たの》しくもない、ひどく味気無《あじけな》い心《こころ》を抱《かか》えたまま、日々《ひび》をやり過《す》ごしている自分《じぶん》に気《き》づくのでした。

もしも、「ここ」にいながら、「どこか」にもいられるとしたら……？　どこか遠《とお》くのきらきらしたようなところが、からだのすみずみにしみわたり、自分《じぶん》の中《なか》にすっかり溶《と》けこんでしまうとしたら……？　スゥは、胸《むね》がどきどきしてくるのを感《かん》じました。

（ああだから、だからルチアさんは、きらきら光《ひか》っていたのね、あたしたちの宝石《ほうせき》みたいに……）

スゥは、宝石《ほうせき》をのぞきました。

（……そうよ、わたしたち、思《おも》っていたのよ。どこか遠《とお》いところに、これとそっくりの、きらきら輝《かがや》く、水色《みずいろ》の国《くに》がきっとあるって。いつかそこに行《い》ってみたいって。わたし、本当《ほんとう》は、そこを思《おも》っていたのよ）

そのとたん、スゥの胸《むね》があふれそうになりました。ルゥルゥとふたりで、そっとこれをのぞきこみ、水色《みずいろ》に輝《かがや》く遠《とお》いところをまっすぐに思《おも》っていたときの、あの、ときめくような不思議《ふしぎ》な喜《よろこ》びが、今《いま》、不意《ふい》にこみあげてきたのです。それは、長《なが》い長《なが》いあいだ味《あじ》わうことのなかった、ただわけもなく心《こころ》を満《み》たす生《い》き生《い》きとした喜《よろこ》びでした。

スゥは、壁《かべ》の絵《え》に向《む》かって言《い》いました。

「ねぇ、ボビーが来《き》たのよ。ちゃんと約束《やくそく》を果《は》たしてくれたのよ。ボビーって、とってもすてきな人《ひと》だったわ」

そして、手《て》の中《なか》の宝石《ほうせき》を、その絵《え》の方《ほう》にかざしてふたたびのぞきこみながら、ささやきました。子《こ》どものとき、いつも隣《となり》にいたルゥルゥに、そっと話《はな》しかけるように。

「ルゥルゥ、あんた、まだ旅《たび》をしてるの？　ねぇ、もしもその木《き》をみつけたら、お願《ねが》いだから、水色《みずいろ》の実《み》をいっぱい採《と》って戻《もど》ってきて。ここで瓶詰《びんづめ》を作《つく》って、真夜中《まよなか》にふたりで食《た》べよう？　わたし、ちゃんと待《ま》ってる……」

水色《みずいろ》の玉《たま》の向《む》こうがわで、ルゥルゥの描《えが》いた水色《みずいろ》の実《み》が、静《しず》かに輝《かがや》いていました。

# 雪《ゆき》の林《はやし》

やえがしなおこ

「こくこう　こくこう　寒《さむ》いね　寒《さむ》いね」

白《しろ》い背《せ》なかの小《ちい》さな鳥《とり》が、わたしのすぐ目《め》の前《まえ》でなきだしました。

一日《にち》ふぶいた雪《ゆき》がやんで、林《はやし》のなかはまっ白《しろ》な銀世界《ぎんせかい》です。

「こくこう　こくこう　寒《さむ》いね　寒《さむ》いね」

たしかにこれは、おしゃべりなユキドリというやつかもしれません。ユキドリは、小《ちい》さな頭《あたま》をなんどもふって、しきりにわたしに話《はな》しかけるのです。

わたしは、わらいながらたずねました。

「ふぶきのあいだ、おまえはどこにいたんだい？」

するとユキドリは、まってましたとばかりに答《こた》えました。

「長沼《ながぬま》のばあさんところの木《き》のうろさ」

「へえ、長沼《ながぬま》のばあさんたあ、だれのことだい？」

「長沼《ながぬま》のばあさんは長沼《ながぬま》のばあさんさ」

ユキドリは、そこでちょっとばかにしたようにわたしを見《み》て、もひとつ「こくこう」となきました。

「長沼《ながぬま》に、ばあさんなんかすんでいたかな」

「ばあさんは沼《ぬま》の底《そこ》さ。ときどき顔《かお》をだすけれど、近《ちか》ごろはめったにあらわれないねえ」

沼《ぬま》の底《そこ》にすんでいるおばあさんなんて、ずいぶんきみの悪《わる》い話《はなし》です。けれどもわたしは、やっぱりにこにこわらって聞《き》いていました。

「ゆうべの風《かぜ》はひどかった。ばあさんの娘《むすめ》が沼《ぬま》のうえを走《はし》りまわって、着物《きもの》のはしがばたばたいうんだ。まったくねむれなかったねえ」

「ばあさんに、娘《むすめ》がいるのかい？」

「いるともさ。顔《かお》もかたちもそっくりな、四人《にん》の娘《むすめ》だ。あの気《き》のどくなカワセミだって、もう少《すこ》しうまくやれたら、四人《にん》のうちのだれかをおよめにもらうことができたのにねえ。ああ、あれはまったくゆうめいな話《はなし》だ」

ユキドリは、そういって、ひとりでにやにやわらっています。

カワセミとは、背《せ》が低《ひく》くて、くちばしの大《おお》きなちょっとぶかっこうな鳥《とり》です。けれども、そのからだは美《うつく》しい青色《あおいろ》の毛《け》でおおわれています。わたしは、あのカワセミの、きまじめで大《おお》きな目《め》を思《おも》いうかべながら、「話《はな》しておくれよ。もしおまえがいそぎでないんなら」と、いいました。

するとユキドリは、もうのどのあたりまでそのお話《はなし》がでかかっていたのでしょう。流《なが》れるようにすらすらと話《はな》しはじめました。

「カワセミは、まったく気《き》のどくなやつだ。そっくりな姉妹《しまい》が四人《にん》もいるとは思《おも》わなかったんだね。青《あお》い頭《あたま》に油《あぶら》をぬって、羽根《はね》もきれいにつくろって、いよいよばあさんのところへでかけていったのさ。そうして、カワセミは、ちょっときんちょうしながらこういった。

『ばあさんよ、あんたの娘《むすめ》をおよめさんにくれないか？』

すると、いいかい、ばあさんは沼《ぬま》のほとりのかれ木《き》にちょいと腰《こし》をかけて、にっこりわらってこういったんだ。

『うちの子《こ》がいいといえば話《はなし》はかんたんさ』

「ものわかりのいいばあさんだ」

わたしは思《おも》わずそういいました。

「まあ聞《き》きな、カワセミのやつは大《おお》よろこびだ。雪《ゆき》がとけて、木《き》どもがいっせいに芽《め》をふきはじめたころだったかな、ばあさんの末《すえ》の娘《むすめ》が木《こ》かげで歌《うた》っているところへとんでいった。

『あんたのおむこさんにしておくれ』

カワセミのやつは、大《おお》まじめだったのだ。

末《すえ》の娘《むすめ》は、やわらかいうす緑《みどり》の着物《きもの》をきて、あどけないふうにわらっていた。おれは、四人《にん》のなかで、一番《いちばん》あの子《こ》が好《す》きだねえ。あの子《こ》がわらっているところへ、五月《がつ》のお日《ひ》さまが若葉《わかば》をすかしてさらさらふりそそぐところを思《おも》ってごらん。だれだって、この世《よ》に生《う》まれてきたことにかんしゃするよ！」

「ほんとうにそうだろうよ！」

わたしは力《ちから》をこめてそういいました。

「で、カワセミは、どうしたんだい？　その子《こ》は、返事《へんじ》をしたのかい？」

「あの子《こ》は、こういったんだ。

『あたしのために舟《ふね》をつくって！　ナラの葉《は》っぱで小《ちい》さな舟《ふね》をつくって！　そしたらあんたといっしょになるから』

カワセミは、もうむちゅうで林《はやし》のなかへとんでいっただろうよ。ナラの葉《は》っぱをあつめにゃならん。それから、どんなぐあいに舟《ふね》をつくるか、まるで知《し》らないもんだから、つくってはこわし、つくってはこわしして、夏《なつ》のはじめには、どうにかこうにか舟《ふね》ができた。だけどそれではおそすぎたんだよ」

「なぜだい？」

「末《すえ》の娘《むすめ》がいるのは、春《はる》のあいだだけ。夏《なつ》になったら、二番《ばん》めに若《わか》い娘《むすめ》が、もうちゃんとすんだあい色《いろ》の着物《きもの》をきて、沼《ぬま》のほとりにすわっているからね」

「だけどカワセミは、気《き》がつかなかったんだね」

「そうだよ。ナラの葉《は》っぱの舟《ふね》を沼《ぬま》にうかべて、『さあ、おれといっしょになっておくれ』っていったんだ。だけど勝《か》ち気《き》なあの子《こ》は、舟《ふね》なんかには目《め》もくれず、雲《くも》のかかった遠《とお》くの山《やま》を見《み》あげてこういったんだ。

『ああ、あたしにも、あんたみたいなつばさがあったらなあ。あたしは、うんと遠《とお》くのことを知《し》りたくてたまらないのに。

ねえ、おまえ、あたしのかわりにあの山《やま》のうえにとんでいって、なんでもいいから持《も》ってかえってちょうだいよ。そうしたらあたしは、よろこんであんたといっしょになるから』」

「なんてかわった娘《むすめ》だろうね」

わたしは、心《こころ》のなかでは、もうすっかりその娘《むすめ》に心《こころ》ひかれながらいいました。

「ふふん、あんたは知《し》らないだろうが、あの子《こ》の目《め》は、沼《ぬま》の水《みず》よりすんでいる。あの目《め》を見《み》ただけで、なんだか夏《なつ》の朝《あさ》のようにさっぱりした気分《きぶん》になるんだ。だからカワセミだって、すぐに舟《ふね》のことなんかわすれたらしい。まっすぐに山《やま》のほうへとんでいった。

だけどその山《やま》も、ずいぶん遠《とお》い山《やま》だったんだよ。なにしろ雲《くも》のうえだからね。嵐《あらし》にあったり、風《かぜ》にふかれたりして、ようよう山《やま》にたどりついたころには、夏《なつ》もすっかりおわっていた」

「カワセミはなにを持《も》ってかえったの？」

「それはね、高《たか》い山《やま》のうえでしかとれないめずらしい石《いし》らしいよ。カワセミは、その石《いし》を見《み》せながら、あの子《こ》に旅《たび》の話《はなし》をしてあげるつもりだったんだ」

「それもかなわなかったんだね」

そのときには、わたしもさすがにカワセミが気《き》のどくになっていました。

「そうだよ。カワセミがもどったときには、沼《ぬま》のほとりにあかね色《いろ》の服《ふく》をきた、三番《ばん》めの娘《むすめ》がすわっていたからね。

そのころは、沼《ぬま》のまわりの木《き》どもはみんな、赤《あか》や黄色《きいろ》に葉《は》をそめて、そりゃもう目《め》もさめる景色《けしき》だ。だけど、あの子《こ》のきているあかね色《いろ》の服《ふく》ほど、すばらしい色《いろ》にそまったものはないだろうよ。カワセミだって、目《め》をぱちぱちさせながら娘《むすめ》のほうを見《み》たんだ。もう少《すこ》しで、だいじな石《いし》のことをわすれるところだった。

だけど、カワセミはあわてて石《いし》をさしだした。

『見《み》ておくれよ。ずいぶん時間《じかん》がかかったけれど、これはまちがいなくあの山《やま》のうえでとってきた石《いし》だ。さあ、ふたりでくらそう』」

「で、三番《ばん》めの娘《むすめ》はなんていったの？」

「あの子《こ》は、ちらりと目《め》をやっただけだったよ。だってあの子《こ》のきているものも、まわりにあるものも、もっときれいで、もっとはなやかだからね」

「なんてぜいたくな子《こ》だろう！」

わたしは、娘《むすめ》のすばらしく美《うつく》しい服《ふく》の色《いろ》を思《おも》いうかべながらも、やっぱり少《すこ》しおこっていいました。

「いいや、あの子《こ》は四人《にん》のなかで、一番深《いちばんふか》い心《こころ》を持《も》っているんだよ」

ユキドリは、考《かんが》え深《ぶか》げにちょっと首《くび》をかしげていいました。

「あの子《こ》は冬《ふゆ》がくることを、いつもひっそりと考《かんが》えているんだ。あの子《こ》があそこであして、夕焼《ゆうや》けのような服《ふく》をきて静《しず》かにすわっているようすは、まったく絵《え》になるよ」

「それでカワセミはどうなったの？」

わたしは、カワセミがこんどそこの娘《むすめ》といっしょにくらせるようにと、心《こころ》からねがいながら聞《き》きました。

「それがいよいよ気《き》のどくなんだ。あの子《こ》は、小《ちい》さな声《こえ》でこういった。

『あたしは、あんたとくらすことはできないわ。だってあたしは、冬《ふゆ》がきたらもうここにおれないもの』

それを聞《き》いたカワセミの顔《かお》は、もうはんぶん泣《な》きだしそうでぐちゃぐちゃだった。あの大《おお》きなくちばしが、ぶるぶるふるえていたんだよ。

『冬《ふゆ》がこないようにしてあげる！　おまえのところだけ、冬《ふゆ》がこないようにしてあげる！』

カワセミは、それからどうしたと思《おも》う？

かれ枝《えだ》というかれ枝《えだ》をあつめては、沼《ぬま》のほとりに山《やま》のようなたき木《ぎ》をつくったんだよ。そして、遠《とお》いところにすむ友《とも》だちの火喰《ひく》い鳥《どり》のところまででかけていって、小《ちい》さな火種《ひだね》をもらってきた。だけどそれも……」

「おそすぎたんだね」

わたしはため息《いき》をつきながらいいました。

「そうだよ、カワセミがもどってきたころには、沼《ぬま》のあたりにも、ちらちら雪《ゆき》がふりはじめ、あつめたたき木《ぎ》はうっすら白《しろ》くなっていた。

カワセミはそれでもあきらめずに、たき木《ぎ》に火《ひ》をつけた。たき木《ぎ》は小《ちい》さく燃《も》えはじめたよ。

そのとき、こおりはじめた沼《ぬま》のうえをつうとすべって、ばあさんの一番《いちばん》うえの娘《むすめ》がかけてきた。まっ白《しろ》な長《なが》い服《ふく》だ。ほおは青白《あおじろ》くて、目《め》はガラスのように透明《とうめい》だ。四人姉妹《にんしまい》はみんな同《おな》じ顔《かお》をしているというけれど、おれはなんだかあのひとが、一番《いちばん》きれいな気《き》がするな」

「きっとそうだと思《おも》うよ」

わたしは、白《しろ》く光《ひか》る雪《ゆき》の林《はやし》のほうに目《め》をやりながらそういいました。

「カワセミは、あのひとのすがたを見《み》て、うれしそうにいったんだ。

『いまに雪《ゆき》はとける。あんたのまわりだけ、冬《ふゆ》はやってこないからね』

だけどあのひとは、あの、りんとした冷《つめ》たい声《こえ》できっぱりといった。

『あたしの雪《ゆき》をとかさないで！』」

「それで、カワセミはどうしたの？」

わたしはおそるおそる聞《き》きました。

「カワセミはしんとして、まっすぐにあのひとの顔《かお》を見《み》た。『ああ、なんて気《き》まぐれなひとなんだろう』って。だけど、もうそのつぎにはせいせいしていただろうよ。だってね、あのひとの声《こえ》を聞《き》いたら、きっとおまえもそう思《おも》うさ。心《こころ》のなかがぴいんとこおりついて、なにもかもいちどにわすれてしまうんだからね」

わたしは、もういちどしんと冷《つめ》たい雪《ゆき》の林《はやし》を見《み》ました。そうして、たったひとりで林《はやし》のなかの自分《じぶん》のうちにかえっていったカワセミのことを思《おも》いうかべました。

「こくこう　こくこう」

ユキドリが、しきりにのどをならして空《そら》を見《み》あげています。どうやら、ユキドリのおしゃべりもこれでしまいのようなのです。

灰色《はいいろ》の空《そら》から、はらりはらりと雪《ゆき》のかけらが落《お》ちてきました。

そうしてわたしはまた、だまって林《はやし》のなかを歩《ある》きはじめたのです。

# 蝶々《ちょうちょう》、とんだ

河原《かわはら》潤子《じゅんこ》

# 1

その日《ひ》、ユキは、運動会《うんどうかい》の練習中《れんしゅうちゅう》に、グラウンドで貧血《ひんけつ》をおこしてたおれた。

めずらしいことではない。

六年生《ねんせい》になってから、ユキは、毎週月曜日《まいしゅうげつようび》の朝礼《ちょうれい》のたびごとに、貧血《ひんけつ》をおこして保健《ほけん》室《しつ》にはこばれていた。

——第二次性徴《だいにじせいちょう》の影響《えいきょう》やね。

養護《ようご》の風見先生《かざみせんせい》は、そういった。

それは、ユキが、保健室《ほけんしつ》の常連《じょうれん》になってまもないころだった。

風見先生《かざみせんせい》は、なんでもないことのようにいったのだが、そのとき、ユキは、保健室《ほけんしつ》のベッドの白《しろ》いシーツにくるまりながら、まっかになった。

ユキが初潮《しょちょう》をみたのは、六年生《ねんせい》になるまえの春休《はるやす》みだった。

背《せ》がひくくてやせた子《こ》にしては早《はや》いと、お母《かあ》さんはびっくりしていたが、べつにはずかしがるようなことではないのは、ユキにもよくわかっていた。

それでも、こんなふうにはっきりいわれると、やっぱり、ユキははずかしかった。

それも、村上先生《むらかみせんせい》の前《まえ》で——。

ユキをかかえて、保健室《ほけんしつ》まではこんできてくれた村上先生《むらかみせんせい》は、去年大学《きょねんだいがく》をでたばかりの、まだ若《わか》い男《おとこ》の先生《せんせい》だ。

いくら担任《たんにん》でも、男《おとこ》は男《おとこ》だとユキは思《おも》うのだが、風見先生《かざみせんせい》は、男《おとこ》でも、担任《たんにん》は担任《たんにん》だと思《おも》っているみたいだった。そしてそれは、村上先生《むらかみせんせい》もおなじみたいだった。

村上先生《むらかみせんせい》は、もうすっかり顔色《かおいろ》がもどって、かえって赤《あか》い顔《かお》をしているユキを見《み》ながら、風見先生《かざみせんせい》にきいた。

——すると、ほかの病気《びょうき》のことは、心配《しんぱい》しなくていいんですね？

風見先生《かざみせんせい》はこたえた。

——ホルモンのバランスがとれてきたら、貧血《ひんけつ》のほうも、しぜんに治《なお》ってくると思《おも》いますよ。

しかし、風見先生《かざみせんせい》の見立《みた》てがまちがっていたのか、それとも、まだホルモンのバランスがとれていないのか、ユキの貧血《ひんけつ》は、それからもつづいた。

そして、そのたびに、ユキは保健室《ほけんしつ》のベッドで横《よこ》になり、砂糖《さとう》をとかした湯《ゆ》ざましをのんで、教室《きょうしつ》にもどる。

その日《ひ》も、風見先生《かざみせんせい》は、ユキのベッドのそばまで、砂糖湯《さとうゆ》のはいったコップをもってやってきた。

「はりきりすぎたんやろかね。」

いいながら、ユキの顔《かお》をのぞきこんだ風見先生《かざみせんせい》は、ちょっとおどろいた顔《かお》になった。

「水野《みずの》さん、熱《ねつ》があるのとちがう？」

そして、風見先生《かざみせんせい》は、右手《みぎて》をのばして、ユキのひたいの上《うえ》においた。先生《せんせい》の手《て》は、ユキのひたいに、ひやりとして気持《きも》ちよかった。

「今朝《けさ》から、のどが痛《いた》いんです。」

ユキの返事《へんじ》に、先生《せんせい》は顔《かお》をしかめた。

「それやったら、体育《たいいく》なんかしたらあかんやないの。」

ユキは目《め》をふせた。

いま体育《たいいく》を見学《けんがく》したら、運動会《うんどうかい》の練習《れんしゅう》がいやだからだと思《おも》われてしまう。そして、それはほんとうのことだから、なおさらユキは休《やす》めない。

風見先生《かざみせんせい》は、表情《ひょうじょう》をやわらげた。

「まあ、たいしたことはないみたいやけど、でも、今日一日《きょういちにち》は、しずかにしてたほうがいいね。」

「えっ？」

びっくりして、ユキは風見先生《かざみせんせい》を見《み》た。

「それって、早引《はやび》けしろってことですか？」

風見先生《かざみせんせい》も、びっくりした顔《かお》になった。

「そこまではせんでもええやろけど、でも。」

先生《せんせい》は、考《かんが》える顔《かお》でユキを見《み》た。

「自分《じぶん》で、ぐあいが悪《わる》いと思《おも》うんやったら、帰《かえ》ったほうがいいかもしれんね。家《いえ》まで送《おく》っていってあげようか？」

ユキは、あわててベッドの上《うえ》におきなおった。一瞬《いっしゅん》ふらりとしたが、それだけだった。

ユキはいった。

「だいじょうぶです。教室《きょうしつ》にもどります。じき、給食《きゅうしょく》やし。」

そして、ユキは、コップの砂糖湯《さとうゆ》をのみほすと、保健室《ほけんしつ》をでた。

しかし、教室《きょうしつ》の前《まえ》まできて、ユキの足《あし》はとまった。

もう着《き》がえはおわったのだろう。教室《きょうしつ》の中《なか》からは、男子《だんし》と女子《じょし》の声《こえ》が、いりまじってきこえてくる。

わらい、ざわめく声《こえ》だ。

百メートル競走《きょうそう》のスタートラインで、まっ白《しろ》な顔《かお》でしゃがみこんで、そのまま保健室《ほけんしつ》にだきかかえられていったユキのことなど、だれも気《き》にしていない。

——いつものことやしな。

胸《むね》の中《なか》でつぶやいて、ユキは、教室《きょうしつ》の戸《と》に手《て》をかけた。

しかし、教室《きょうしつ》の戸《と》は、内側《うちがわ》からあいた。

教室《きょうしつ》いっぱいにあふれていた、体育《たいいく》のあとの熱気《ねっき》が、わっとユキにおそいかかってきて、ユキは立《た》ちつくした。

そのユキの横《よこ》を、給食当番《きゅうしょくとうばん》のエプロンをした政志《まさし》が、すりぬけかけて立《た》ちどまった。

「水野《みずの》、もうええのか？」

政志《まさし》にきかれて、ユキは、あいまいにうなずいた。

政志《まさし》は、納得《なっとく》のいかない顔《かお》でいった。

「まだ、しんどそうな顔《かお》してるぞ。もっと、保健室《ほけんしつ》におったほうがええのとちがうか？給食《きゅうしょく》やったら、おれが、保健室《ほけんしつ》までもっていってやるで。」

ふいに、胸《むね》が熱《あつ》くなって、ユキは、あわてていった。

「わたし、給食《きゅうしょく》いらんていいにきたんや。」

「えっ？」

——えっ？

ユキは、自分《じぶん》でもびっくりしていた。なんで、こんなことをいいだしたのだろう？

でも、もうあともどりはできない。

ユキはいった。

「わたし、早引《はやび》けするんや。」

そして、ユキは、早口《はやくち》につけくわえた。

「養護《ようご》の風見《かざみ》先生《せんせい》から、そうしなさいていわれたんや。」

「そんなに悪《わる》いのか？」

のぞきこむようにしてきく政志《まさし》から目《め》をそらせて、ユキはいった。

「田岡《たおか》くん、先生《せんせい》に、そういうといてくれへん？」

「それはかまへんけど……。」

ことばをきると、政志《まさし》は、不審《ふしん》そうにユキを見《み》た。その政志《まさし》をおしのけるようにして、ユキは教室《きょうしつ》にはいった。

何人《なんにん》かが、ユキに気《き》づいた。しかし、ユキは、気《き》づかない顔《かお》でかばんをとると、すぐに教室《きょうしつ》をでた。

ろうかには、まだ、政志《まさし》が立《た》っていた。

ユキは、政志《まさし》をふりきるようにして、ろうかをかけだした。

胸《むね》が、どきどきした。

ユキは、うそをついたのだ。だから、とにかく、逃《に》げなければならない。

そして、ユキは、校舎《こうしゃ》をでると、人目《ひとめ》をさけて裏門《うらもん》にまわった。

裏門《うらもん》は、校舎《こうしゃ》の裏《うら》の、すこし小高《こだか》いところにあった。そこは、ふだん、先生《せんせい》たちの駐車場《ちゅうしゃじょう》に使《つか》われていて、裏門《うらもん》からの、児童《じどう》の出入《でい》りは禁止《きんし》されていた。

しかし、かぎはかかっていなかった。

ユキは、赤《あか》さびた鉄《てつ》の門《もん》を、ぎりりとおしあけた。そうしながら、あと半年《はんとし》で卒業《そつぎょう》だというのに、いままで一度《いちど》も、裏門《うらもん》から学校《がっこう》をでたことがなかったのに気《き》がついた。

――ヤセマジメ。

口《くち》の悪《わる》い男《おとこ》の子《こ》たちが、ユキのことを、かげでそういっているのを、ユキは知《し》っている。ユキの体型《たいけい》と性格《せいかく》をくみあわせただけの、センスの悪《わる》いあだ名《な》だ。

でも、あたっている。

でも――。

まじめの、なにが悪《わる》い？

いいかえせなかったくやしさが、突然《とつぜん》、ユキの中《なか》によみがえってきた。

そして、ユキは思《おも》いだした。

ヤセマジメと、ユキをよんだ男《おとこ》の子《こ》たちのなかに、政志《まさし》もいた。たしかに、いた。

――なあんだ。

ユキは、きゅうに、どうでもよくなってきた。そして、裏門《うらもん》から、ぽんと外《そと》にとびだした。

裏門《うらもん》は、だらだら坂《ざか》のてっぺんにあって、坂《さか》の下《した》には、細《ほそ》い川《かわ》が流《なが》れていた。

坂道《さかみち》を早足《はやあし》でくだりながら、ユキは不安《ふあん》になってきた。

学校《がっこう》の裏側《うらがわ》の地理《ちり》を、ユキは、まるで知《し》らない。はたして、ちゃんと家《いえ》に帰《かえ》れるだろうか？

しかし、坂《さか》の下《した》までおりて、ユキの不安《ふあん》はきえた。

下《した》を流《なが》れる川《かわ》に、見《み》おぼえがあった。

川《かわ》は、染《そ》めもののにおいがした。川《かわ》の両岸《りょうぎし》をかためたコンクリートのかべには、染料《せんりょう》のあとがついていて、あちこちから排水溝《はいすいこう》がつきでていた。そこからでる排水《はいすい》をあつめて流《なが》れているような、うすぎたない川《かわ》だった。

御《ご》ノ瀬川《せがわ》だと、ユキは思《おも》った。

念《ねん》のため、ユキは、川《かわ》にかかったコンクリートの橋《はし》の、柱《はしら》にほられた名《な》まえを読《よ》んでみた。

――第《だい》三・御《ご》ノ瀬橋《せばし》。

ユキは、ほっと息《いき》をついた。

ユキの家《いえ》の近《ちか》くを流《なが》れている川《かわ》にかかっている橋《はし》は、第《だい》六・御《ご》ノ瀬橋《せばし》といった。ということは、このまま、この川《かわ》にそって下流《かりゅう》にむかっていけば、家《いえ》の近《ちか》くにでるということだ。

ユキは、元気《げんき》をだして歩《ある》きはじめた。

そして、その家《いえ》に出会《であ》った。

# 2

——川端《かわばた》・ほんやら堂《どう》

半分《はんぶん》、かわらのずれた屋根《やね》の下《した》に、筆《ふで》で書《か》かれた、古《ふる》い木《き》のかんばんがぶらさがっていた。

〔かわばた〕と、ユキにはちゃんと読《よ》めた。クラスに、おなじ名字《みょうじ》の子《こ》がいる。

でも、この川端《かわばた》が、その子《こ》とおなじように名字《みょうじ》なのか、それとも、〔川《かわ》の端《はた》にあるほんやら堂《どう》〕という意味《いみ》でつけられた名《な》まえなのか、ユキにはわからなかった。

どっちもありそうだった。

それほど、その家《いえ》は、川《かわ》にせりだして立《た》っていた。

ひと間《ま》きりしかないような、平屋《ひらや》の、小《ちい》さな家《いえ》だった。ずれているのは、屋根《やね》のかわらだけではない。家全体《いえぜんたい》がかしいで見《み》える。

——何屋《なにや》さんやろ？

ユキは首《くび》をかしげた。

かんばんがかかっているのだから、なにかの店《みせ》なのだろうけど、ユキには見当《けんとう》もつかなかった。

ぴたりとしめきられた、表《おもて》の引《ひ》き戸《ど》の、上半分《うえはんぶん》はくもりガラスで、中《なか》のようすはまるでわからない。

人《ひと》はいるのだろうか？

むくむくと頭《あたま》をもたげてきた好奇心《こうきしん》にまけて、ユキは、戸《と》を引《ひ》いてみた。

だが、戸《と》はうごかなかった。かぎがかかっているのだ。

ユキはがっかりした。そして、安心《あんしん》した。

そのとき、後《うし》ろでどなり声《ごえ》がした。

「火曜日《かようび》は、昼《ひる》まで留守《るす》にしてるていうてるやろ。」

とびあがりそうになって、ユキは、後《うし》ろをふりかえった。

そこにいたのは、白《しろ》い前《まえ》かけをした、やせて、背中《せなか》のまるいおばあさんだった。

ユキもびっくりしたが、おばあさんも、ふりむいたユキを見《み》て、びっくりした顔《かお》になった。

「あんた、はじめて見《み》る顔《かお》やなあ。」

「はい。」

大《おお》きな声《こえ》で、ユキはこたえた。教室《きょうしつ》で、ぼんやりしているときに、突然《とつぜん》あてられて、びっくりして返事《へんじ》をするような、そんな感《かん》じの返事《へんじ》だった。

それでも、ユキの大《おお》きな返事《へんじ》に、おばあさんは、満足《まんぞく》そうな顔《かお》になった。

おばあさんは、前《まえ》かけのポケットから、がま口《ぐち》になった大《おお》きなさいふをとりだすと、中《なか》からかぎをだして、家《いえ》のかぎあなにさしこんだ。

「待《ま》ってや。いま、店《みせ》、あけたげるしな。」

「はあ。」

ユキは、あいまいにこたえた。

——そやけど、店《みせ》って、何屋《なにや》さん？

まるで、ユキのとまどいがつうじたように、かぎをかぎあなにいれたまま、おばあさんは、ユキをふりかえってきいた。

「あんた、お客《きゃく》とちがうんかいな？」

ユキは、どきりとした。

なんの店《みせ》かもわからないのだ。なにより、ユキはお金《かね》をもっていない。なんの店《みせ》でも、お客《きゃく》にはなれない。

ふいに、ユキはかなしくなってきた。

——学校《がっこう》に、いらないお金《かね》はもってこない。

それは、児童会《じどうかい》のやくそくだった。

でも、高学年《こうがくねん》になると、たいていの子《こ》は、そんなやくそく、平気《へいき》でやぶっている。帰《かえ》りに、こっそり買《か》い食《ぐ》いする子《こ》もいるし、そのまま塾《じゅく》にいくというので、バス代《だい》をもってきている子《こ》もいる。ほんとうはそうでなくても、見《み》つかればそうだという。先生《せんせい》だって、それくらいわかっている。

でも、なにもいわない。

それでも、ユキは、学校《がっこう》にお金《かね》をもっていくことができない。

——ヤセマジメ。

ユキは、自分《じぶん》につぶやいた。すると、ますますかなしくなってきた。

「なんやわからんけど、まあ、ええわ。」

そのとき、おばあさんがいった。

「店《みせ》の前《まえ》につっ立《た》っとったんも、なにかの縁《えん》や。まあ、見《み》るだけ見《み》ていき。」

そして、おばあさんは、あけた戸《と》の中《なか》にユキをおしこんだ。

そこは、たたみ三畳《じょう》ぶんくらいの広《ひろ》さの土間《どま》で、縦横《たてよこ》に本棚《ほんだな》がならんでいた。

本屋《ほんや》さんだと、ユキは思《おも》った。

それにしても、暗《くら》くてせまい。

店《みせ》のおくの、表《おもて》にむかって横《よこ》にならんだ本棚《ほんだな》のはしには、人《ひと》ひとりがやっと通《とお》りぬけられるくらいのすきまがあって、その先《さき》に、二畳《じょう》ほどのたたみの部屋《へや》が見《み》えた。さらに、そのおくの、川《かわ》にせりだした部分《ぶぶん》が、台所《だいどころ》や便所《べんじょ》なのだろう。

それきりの家《いえ》だった。

さえ子《こ》おばさんのアパートよりも、まだせまい。ユキが、これまでに見《み》たなかで、いちばん小《ちい》さな家《いえ》だ。

それに、しっけたにおいが鼻《はな》をつく。

ここは、お店《みせ》だけなのだろうか?

それとも、このおばあさんは、ここでくらしているのだろうか?

店《みせ》の中《なか》を見《み》まわしてばかりいるユキに、おばあさんがいった。

「なにをきょときょとしてるんやな。はよ、本《ほん》を見《み》んかいな。」

いわれて、本棚《ほんだな》の前《まえ》に立《た》ったユキは、思《おも》わず顔《かお》をしかめた。本棚《ほんだな》に、ぎゅうぎゅうにおしこまれた本《ほん》は、どれも、ぼろぼろだった。とても、お金《かね》をだして買《か》うような本《ほん》には見《み》えない。

おばあさんのほうをふりかえって、こわごわ、ユキはたずねた。

「ここ、古本屋《ふるほんや》さん？」

「貸本屋《かしほんや》や。」

おばあさんはこたえた。

「お金《かね》をとって、本《ほん》を貸《か》してるんや。」

——お金《かね》をだして、本《ほん》を借《か》りる？

ユキはびっくりした。

図書館《としょかん》にいけば、読《よ》みたい本《ほん》をただで貸《か》してくれる。このごろは、まんが本《ぼん》だって貸《か》してくれるのだ。それも、ここのより、ずっときれいな本《ほん》だ。それなのに、わざわざお金《かね》をだして、こんなきたない本《ほん》を借《か》りていく人《ひと》がいるのだろうか？

でも、おばあさんは、得意《とくい》そうにことばをつづけた。

「なんや、このごろは、ほかでもはやってるみたいやないか。レンタルなんとか、ていうのんかいな。」

ユキは、いいかげんにうなずくと、本棚《ほんだな》に目《め》をもどした。

本棚《ほんだな》から本棚《ほんだな》に歩《ある》きながら、ユキはとほうにくれた。借《か》りたいどころか、さわっただけで手《て》がくさりそうな本《ほん》ばかりだ。

とうとう、ユキはいった。

「おばあちゃん、ごめん。わたし、お金《かね》もってきてへんのや。」

「へっ？」

おばあさんは、びっくりした声《こえ》をあげた。そして、まじまじとユキを見《み》た。

それから、ふと気《き》がついた顔《かお》になった。

「そういうたら、あんた、学校《がっこう》は？　今日《きょう》は昼《ひる》までやったんかいな。」

おばあさんにきかれて、ユキは、思《おも》わず目《め》をふせた。そして、ぼそりといった。

「早引《はやび》けしてきたんや。」

「なんで？」

ききかえされて、ユキはあわてた。

「体育《たいいく》の授業《じゅぎょう》で、運動会《うんどうかい》の走《はし》りの練習《れんしゅう》をしているときに、気分《きぶん》が悪《わる》なったんや。養護《ようご》の先生《せんせい》が、熱《ねつ》もあるみたいやし、家《いえ》に帰《かえ》ったほうがええていわはって、それで早引《はやび》けしてきたんや。」

早口《はやくち》にこたえながら、ユキは、知《し》らずにうなだれていた。

これで、今日《きょう》、三人《にん》にうそをついた。風見先生《かざみせんせい》と、政志《まさし》と、おばあさん。いや、政志《まさし》をつうじて、担任《たんにん》の村上先生《むらかみせんせい》や、クラスのみんなにもうそをついてしまったことになる。

はじめのほうは、ほんとうだ。でも、養護《ようご》の風見先生《かざみせんせい》が、早引《はやび》けするなら送《おく》っていくといったのを、ユキは、教室《きょうしつ》にもどるからといってことわった。

それなのに、どうして、こういうことになったのだろう?

「わたし、早引《はやび》けなんか、ぜんぜんするつもりなかったんや。」

ユキがぽつりとつぶやいたことばに、おばあさんはうなずいた。

「そら、かわいそうやったなあ。それでも、学校《がっこう》の先生《せんせい》が帰《かえ》れていわはるんやから、やっぱり悪《わる》いんやわ。こんな寄《よ》り道《みち》してたらあかんやん。大事《だいじ》にせんと。」

おばあさんのことばが、思《おも》いがけずやさしくて、ユキは、ますますうなだれた。

おばあさんは、本棚《ほんだな》から本《ほん》を一冊《さつ》引《ひ》きぬくと、うつむいたユキの、目《め》の前《まえ》にさしだした。

表紙《ひょうし》のちぎれたまんが本《ぼん》だった。単行本《たんこうぼん》なのに、ざらりとした紙《かみ》で、印刷《いんさつ》も悪《わる》い。

ユキは、こわごわ手《て》にとった。

おばあさんはいった。

「だいぶまえのもんで、すっかり古《ふる》なってるけど、ええ話《はなし》やで。わたし、好《す》きやわあ。ちょっと、こわいとこもあるけどな。」

「こわい？」

ユキは顔《かお》をあげた。おばあさんはうなずいた。

「男《おとこ》の子《こ》がな、ある朝《あさ》、目《め》をさましたら、へんな虫《むし》になってるんや。もう学校《がっこう》にもいけへんし、友《とも》だちとも遊《あそ》べへん。そのうえ、もう人間《にんげん》やないのやから、お医者《いしゃ》にみせるわけにもいかん。しかたがないから、親《おや》は、人間《にんげん》の男《おとこ》の子《こ》は死《し》んだものとして、お葬式《そうしき》まであげるんや。それで、虫《むし》になった男《おとこ》の子《こ》を、家《いえ》の中《なか》で飼《か》いつづけるんや。」

「それで？　最後《さいご》はどうなるの？」

思《おも》わずききかえしたユキに、おばあさんは、にんまりとわらった。

「つづきは、読《よ》んでのお楽《たの》しみや。」

ユキは、まんがに目《め》をおとした。

「けど、わたし……。」

「お金《かね》はええ。」

おばあさんがいった。

「それは、わたしからのお見舞《みま》いや。あんたに、ただで貸《か》してあげる。やぶれてるのは表紙《ひょうし》だけで、中《なか》はちゃんとしてるんやけど、表紙《ひょうし》がやぶれてると、だれも借《か》りていかへんしな。好《す》きなだけ、貸《か》しといたげるわ。」

ユキは、ためらいながら、本《ほん》を胸《むね》におしあてた。

「ありがとう。」

小声《こごえ》でいったユキに、おばあさんは、満足《まんぞく》そうに、何度《なんど》もうなずいた。

そのおばあさんの笑顔《えがお》を見《み》ているうちに、ユキは、自分《じぶん》でも、しあわせな気持《きも》ちになってきた。

# 3

家《いえ》に帰《かえ》ると、ユキは、玄関《げんかん》の引《ひ》き戸《ど》をうすくあけて、中《なか》の気配《けはい》をうかがった。

家《いえ》の中《なか》はしんとしていた。おじいちゃんは、よく眠《ねむ》っているみたいだ。

ユキはほっとした。それでも、用心《ようじん》して、戸《と》のすきまから、からだをすべりこませるようにして、ユキは家《いえ》にはいった。

火曜日《かようび》には、ヘルパーさんは午前中《ごぜんちゅう》だけしかいない。午後《ごご》からは、おじいちゃんひとりになる。そして、おじいちゃんは、おしめを換《か》えてくれる者《もの》が帰《かえ》ってくるのを待《ま》っている。

ユキは、それがいやでたまらない。だから、おじいちゃんがおきているときは、大《おお》いそぎで、玄関《げんかん》のすぐわきの、おじいちゃんの寝間《ねま》の前《まえ》を通《とお》りすぎる。おじいちゃんが、ユキに気《き》づいて声《こえ》をかけても、ユキのほうで、きこえないふりをする。

どうして、おじいちゃんの寝間《ねま》が、玄関《げんかん》のすぐわきの部屋《へや》にあるのか、ユキには不満《ふまん》だった。

ユキは、まだ、おじいちゃんのおしめを換《か》えたことがない。

いつも、ユキよりすこしおくれて帰《かえ》ってくる、中学《ちゅうがく》二年《ねん》の兄《あに》の卓也《たくや》は、そんなユキを、〔超絶的利己主義者《ちょうぜつてきりこしゅぎしゃ》〕だとなじる。

ユキには、よく意味《いみ》のわからないことばだ。

それは、卓也《たくや》の造語《ぞうご》らしく、卓也《たくや》にいわせると、たとえばレストランで、となりのテーブルの客《きゃく》のたばこには、おおげさに顔《かお》をしかめるくせに、自分《じぶん》は香水《こうすい》のにおいをぷんぷんさせている、そういう人《ひと》のことをいうのだそうだ。

――わたしは、香水《こうすい》なんかつけてへんえ。

ユキがそう反論《はんろん》すると、卓也《たくや》は、さもばかにしたようにわらった。

いまでも、ユキは納得《なっとく》がいかない。それでも、卓也《たくや》がユキをきめつけた四角《しかく》いことばは、クラスの男子《だんし》のいう〔ヤセマジメ〕とおなじくらい、ユキの胸《むね》の、深《ふか》いところにつきささった。

そのうえ、卓也《たくや》は、いやな顔《かお》もせずに、おじいちゃんのおしめを換《か》えることができる。

男《おとこ》どうしだから平気《へいき》なのだと、表面《ひょうめん》、反発《はんぱつ》してみせながら、ユキは、そんな自分《じぶん》が大《だい》きらいになっていった。それから、卓也《たくや》も、おじいちゃんも、きらいになった。

そのまえから足《あし》の弱《よわ》っていたおじいちゃんが、いよいよ寝《ね》たきりになったのは、三年《ねん》まえのことだった。

お母《かあ》さんは、おじいちゃんの世話《せわ》をするために、結婚《けっこん》まえからつとめていた、下着《したぎ》メーカーのデザインの仕事《しごと》をやめた。

それから一年《ねん》くらいして、お母《かあ》さんのようすがおかしくなってきた。

ちょっとしたことで、すぐに腹《はら》をたてたり、ときには涙《なみだ》ぐんだりする。

きゅうにふえだしたお母《かあ》さんの白髪《しらが》に、ユキはあわてた。

——お母《かあ》さんが、あかんようになる。

でも、お父《とう》さんは、とりあってくれなかった。

——しゃあないやないか。

それが、お父《とう》さんの返事《へんじ》だった。おじいちゃんの家《いえ》に住《す》みながら、おじいちゃんをほうりだすようなまねはできないと、お父《とう》さんはいうのだ。

お母《かあ》さんも、おなじだった。

——だれかが、せんならんことやからね。

それがなぜお母《かあ》さんなのか、ユキにはわからない。

たすけてくれたのは、さえ子《こ》おばさんだった。

さえ子《こ》おばさんは、お父《とう》さんのお姉《ねえ》さんで、アパートにひとりで住《す》んで、きものに絵《え》をかく仕事《しごと》をしている。

ちょうど、ユキのお父《とう》さんとお母《かあ》さんが結婚《けっこん》したころ、さえ子《こ》おばさんは家《いえ》をでた。そのまえから、さえ子《こ》おばさんとおじいちゃんは、あまり仲《なか》がよくなかったそうだが、そのあと、おばあちゃんがなくなって、それから、さえ子《こ》おばさんは、めったにたずねてこなくなった。

ユキも、かぞえるほどしか会《あ》ったことがない。

それでも、おじいちゃんが寝《ね》たきりになったころに一度《いちど》、手《て》がいりようなら、いつでも声《こえ》をかけてくれと、そう電話《でんわ》してきたことがあった。

――さんざん、気《き》ずい気《き》ままを通《とお》してきたくせに、なにをしおらしいことというてはるんやろ。

そのとき、お母《かあ》さんは、受話器《じゅわき》をおくなり、はきすてるようにいった。そばにユキがいるのも、目《め》にはいらないようすだった。

お母《かあ》さんはさえ子《こ》おばさんがきらいなのだと、そのとき、ユキは思《おも》った。

一年《ねん》ほどまえ、そのさえ子《こ》おばさんが、突然《とつぜん》たずねてきた。

夏休《なつやす》み中《ちゅう》のことで、ユキも家《いえ》にいた。

暑《あつ》い日《ひ》で、さえ子《こ》おばさんは、アイスクリームのつめあわせをもってきていた。

それだけで、お母《かあ》さんはふきげんになった。

——年寄《としよ》りは、すぐにおなか冷《ひ》やさはるさかい、ほんまにこまってるんですわ。

アイスクリームなどめいわくだといわんばかりの、お母《かあ》さんの口《くち》ぶりに、ユキははらはらした。

しかし、さえ子《こ》おばさんは、きりきりしたようすのお母《かあ》さんを、心配《しんぱい》そうに見《み》ていった。

——容子《ようこ》さん、あなた、仕事《しごと》におもどりなさい。

突然《とつぜん》のことで、あっけにとられているお母《かあ》さんに、さえ子《こ》おばさんは、さらにいった。

——好《す》きでつづけてきた仕事《しごと》でしょう？　それに、先《さき》のことを考《かんが》えても、家《いえ》にいると不安《ふあん》になってくるでしょう？

お母《かあ》さんの顔《かお》に、ぱっと血《ち》がのぼった。

――そしたら、おじいちゃんはどうしますの？　さえ子姉《こねえ》さんが、ここにきて、めんどうみてくれはるんですか？

くってかかるようにいったお母《かあ》さんに、さえ子《こ》おばさんは、冷静《れいせい》にこたえた。

――まず、仕事《しごと》にもどることを決《き》めて、それから、どうしたら仕事《しごと》にもどれるかを考《かんが》えましょう。方法《ほうほう》は、きっと見《み》つかるわ。

そして、さえ子《こ》おばさんは、横《よこ》にいるユキを見《み》た。

――ユキちゃんだって、そのほうがええよね？

ユキは、夢中《むちゅう》になってうなずいた。

そのユキのようすに、お母《かあ》さんは、はっと気《き》がついた顔《かお》で、ユキを見《み》た。

そして、お母《かあ》さんは、仕事《しごと》にもどることになった。まえにつとめていた会社《かいしゃ》で、とりあえず、アルバイトのデザイナーとして働《はたら》くことになったのだ。

おじいちゃんの世話《せわ》には、日《ひ》に一度《いちど》、三時間《じかん》くらいずつ、ヘルパーさんにきてもらうことになった。

福祉《ふくし》のヘルパーさんは、せいぜい週《しゅう》に二回《かい》くらいしかきてくれないとお父《とう》さんはいったけれど、それなら、お金《かね》をだして、民間《みんかん》のヘルパーさんをたのめばいいと、さえ子《こ》おばさんがいったのだ。

お父《とう》さんは、目《め》をまるくした。

――わざわざ金《かね》だして、人《ひと》にきてもろてまで、働《はたら》きにいくのか？

それなら、お母《かあ》さんが家《いえ》にいたほうが経済的《けいざいてき》だと、お父《とう》さんはいった。しかし、さえ子《こ》おばさんは、ぴしゃりといいかえした。

――容子《ようこ》さんは、ヘルパーさんやないのよ。

それで、お父《とう》さんはだまってしまった。

なにより、お母《かあ》さんが自分《じぶん》で、働《はたら》きにでたいといいだしたのだ。そのうえ、おじいちゃんもそれをすすめた。

条件《じょうけん》が、すっかり悪《わる》くなったと文句《もんく》をいいながらも、仕事《しごと》にもどって、お母《かあ》さんは、みるみる元気《げんき》になっていった。

――さえ子《こ》おばさんの、おかげやね。

こわごわいったユキに、お母《かあ》さんは、笑顔《えがお》でこたえた。

――ほんまに、感謝《かんしゃ》してるわ。

そのことをさえ子《こ》おばさんにいったら、さえ子《こ》おばさんは、こまった顔《かお》になった。

さえ子《こ》おばさんはいった。

——そんな、かんたんに感謝《かんしゃ》したらあかんわ。

ユキはびっくりした。

——なんで？

——そうかて、そのうちには、家《いえ》にいて、もっと世話《せわ》してあげたらよかったと、そう思《おも》うときもあるやろ。いま感謝《かんしゃ》してたんでは、そのとき、わたしにそそのかされたからやとは、いいにくくなるやないの。

ユキは、二度《にど》びっくりした。

——そんなら、さえ子《こ》おばさんは、いつでも悪役《あくやく》でええのか？

さえ子《こ》おばさんは、にっこりわらった。

——好《す》きかって、させてもろてるもん。

その瞬間《しゅんかん》、ユキは、さえ子《こ》おばさんが大好《だいす》きになった。

# 4

眠《ねむ》っているとばかり思《おも》っていたおじいちゃんに、部屋《へや》の中《なか》から突然声《とつぜんこえ》をかけられて、ユキはびっくりした。

身《み》をすくめたユキに、おじいちゃんはいった。

「ちがう、ちがう。おしめやない。」

「へっ?」

思《おも》わず返事《へんじ》をしてしまって、ユキは、あわてて口《くち》をおおった。しかし、もうおそかった。

「やっぱり、ユキやな。」

そういわれて、ユキは、しかたなく、おじいちゃんの寝間《ねま》の障子《しょうじ》をあけた。

換気扇《かんきせん》がまわりっぱなしの、おじいちゃんの部屋《へや》は、すこしひんやりしていた。それに、薬《くすり》くさいにおいがする。それから、トイレの消臭剤《しょうしゅうざい》のにおいもだ。

顔《かお》をしかめて、ユキは、部屋《へや》の中《なか》にはいった。

こんなふうだから、友《とも》だちを家《いえ》によぶこともできない。

ユキは、音《おと》をたてて障子《しょうじ》をしめた。

介護用《かいごよう》のベッドの上《うえ》から、おじいちゃんが、ユキのほうに首《くび》をめぐらせた。

「なんや、ずいぶん顔《かお》を見《み》せんもんやから、ユキは、もう嫁《よめ》にでもいってしもたんかと思《おも》てたわ。」

ユキは、一瞬《いっしゅん》、おじいちゃんがぼけたのかと思《おも》って、どきりとした。

しかし、おじいちゃんは、にっとわらった。

それで、ユキは、おじいちゃんが冗談《じょうだん》をいったのだとわかった。

元気《げんき》なころのおじいちゃんは、よく冗談《じょうだん》をいっては、ユキや、兄《あに》の卓也《たくや》をわらわせていた。お父《とう》さんは、そんなおじいちゃんのことを、ふざけすぎだと、いつも腹《はら》をたてていたけれど——。

お父《とう》さんにいわせると、おじいちゃんは、人生《じんせい》まで、ふざけて生《い》きてきたような人《ひと》なのだそうだ。それで、なくなったおばあちゃんは、ずいぶん苦労《くろう》をしたそうだ。

でも、おじいちゃんにいわせると、お父《とう》さんは、冗談《じょうだん》がたりないということになる。

おじいちゃんは、お父《とう》さんのことを、せせこましいやつだと、よくいっていた。

それは、ユキがお父《とう》さんにおぼえるいらだたしさを、ぴたりといいあてていた。

おじいちゃんは、するどい人《ひと》だった。

そして、ユキは、おじいちゃんが好《す》きだった。

そのことを、突然《とつぜん》思《おも》いだして、ユキはびっくりした。

でも、ユキの好《す》きだったおじいちゃんは、どこへでも、気軽《きがる》にユキをつれて歩《ある》いてくれたおじいちゃんだ。こんなふうに寝《ね》たきりになって、お母《かあ》さんを苦《くる》しめるおじいちゃんじゃない。

ユキは、横目《よこめ》で、ベッドの上《うえ》のおじいちゃんを見《み》ながら、たたみの上《うえ》にビニールのカーペットが敷《し》かれた、床《ゆか》の上《うえ》にすわった。

おじいちゃんの顔《かお》が、ユキのすぐ目《め》の前《まえ》にあった。

おじいちゃんの顔《かお》は、まえよりやせて、とがって見《み》えた。

それでも、若《わか》いころ、芝居《しばい》の役者《やくしゃ》をしていたというおじいちゃんの顔《かお》は、やっぱりハンサムだ。

顔《かお》のまんなかで、鼻《はな》があぐらをかいているお父《とう》さんとは、ぜんぜん似《に》ていない。

おじいちゃんの顔《かお》は、さえ子《こ》おばさんと似《に》ている。

ふたりは、性格《せいかく》もよく似《に》ている。

それなのに、なぜ、仲《なか》が悪《わる》くなったのだろう？

首《くび》をかしげたユキに、おじいちゃんがきいた。

「くさいか？」

「えっ？」

ききかえしたユキに、おじいちゃんはいった。

「この部屋《へや》、年寄《としよ》りくそうて、わし、かなんね。いっぺん、手伝《てつだ》いのねえさんに、香《こう》でもたいてくれんかていうたんやけど、ねえさん、シュートッとひとふき、薬《くすり》をまきよった。あほくさ。」

そして、おじいちゃんは、首《くび》をすくめてみせた。

そのしぐさや、お母《かあ》さんより年《とし》のいっているヘルパーさんを、ねえさんという、そのいいかたがおかしくて、ユキは、思《おも》わずわらいそうになった。いかにもおじいちゃんらしい。

でも、おじいちゃんはいった。

「これでは、ユキにきらわれても、文句《もんく》いえへん。」

ユキは、ぎくりとして、おじいちゃんを見《み》た。

あごに、ぶつぶつと白《しろ》いひげのはえた、おじいちゃんのやせた顔《かお》を見《み》ながら、ユキはきいた。

「おじいちゃん、ヘルパーさんに世《せ》話《わ》されんの、いやなんか？」

おじいちゃんは、ちょっとびっくりした顔《かお》で、ユキを見《み》た。

ユキは、また、きいた。

「お母《かあ》さんに、家《いえ》にいてほしいんか？」

おじいちゃんは、こまったような笑《え》顔《がお》になった。それでも、おじいちゃんは、きっぱりとかぶりをふった。

そして、おじいちゃんはいった。

「わしは、だれかにめんどうかけんと、もう、生《い》きていかれへんのや。そやけど、それがいややいうて、死《し》にたいとも思《おも》わん。生《い》きててもしゃあないとは思《おも》うけど、それでもやっぱり、生《い》きてたいんや。」

ユキは、息《いき》をのんだ。そして、ぶるりと身《み》ぶるいした。

おじいちゃんが寝《ね》たきりになって、だいぶたったころ、おじいちゃんのおしめを洗《あら》いながら、お母《かあ》さんがいったことがある。

――わたしは、あんなふうになってまで、生《い》きてとない。死《し》んだほうがましや。

そのころ、お母《かあ》さんはつかれきっていた。そして、そんなお母《かあ》さんを見《み》るのに、ユキもつかれていた。

そのとき、ユキは思《おも》った。

――おじいちゃん、はよ、死《し》んだらええのんや。

それを思《おも》いだして、ユキはうなだれた。

大《おお》きく息《いき》をついて、おじいちゃんがいった。

「そやけど、わし、人《ひと》の人生《じんせい》、じゃましとない。ユキのお母《かあ》ちゃんの人生《じんせい》、しばりとないんや。」

そして、おじいちゃんは、笑顔《えがお》でユキを見《み》た。

「まさか、年《とし》とって、こんなからだになるとは思《おも》わんかったけど、若《わか》いときには、好《す》きかってさせてもろてきたさかいな。まあ、おあいこや。」

ユキは、びっくりして顔《かお》をあげた。

「さえ子《こ》おばさんも、自分《じぶん》のこと、おんなじようにいうてはった。」

「さえ子《こ》か。」

おじいちゃんは、ため息《いき》といっしょに、その名《な》まえをはきだした。

「やさしい、ええ子《こ》やったんやけどな。」

「さえ子《こ》おばさんは、いまかって、やさしいええ人《ひと》や。」

反発《はんぱつ》するようにいったユキに、おじいちゃんは、おどろいた顔《かお》になった。それから、二《に》、三度《さんど》うなずくと、満足《まんぞく》そうにいった。

「そうか。さえ子《こ》は、いまでも、やさしい、ええ子《こ》か。」

ユキはうなずいた。それから、おずおずときいた。

「そやのに、なんで、おじいちゃんと仲《なか》が悪《わる》なったん？」

おじいちゃんは、わらった顔《かお》のまま、かぶりをふった。

「わからん。わしが、ばあさんをいじめすぎたせいかもしれん。」

それから、おじいちゃんは、からかうようにユキにきいた。

「ユキかて、お父《とう》ちゃんのこと、好《す》きばっかりやないやろ？」

ふいをつかれて、ユキはあわてた。

お父《とう》さんは、好《す》き、ときどききらいだ。いや、きらい、突然《とつぜん》好《す》きかもしれない。

でも、どうしてだときかれたら、こたえられない。

こまった顔《かお》のユキに、おじいちゃんは、にっとわらった。そして、ふと、真顔《まがお》になった。

「そやけど、今日《きょう》は、えらい早《はや》いな。」

「えっ？」

とっさに、ユキは、なんのことかわからなかった。

おじいちゃんは、ベッドの正面《しょうめん》のかべにかかった時計《とけい》に、目《め》をやった。

時計《とけい》の針《はり》は、一時半《じはん》をさしていた。

それを見《み》たとたん、ユキのおなかが鳴《な》った。おじいちゃんは、びっくりしてきいた。

「お昼《ひる》、食《た》べてへんのか？」

ユキは、しかたなく、うなずいた。

「なんや、のど痛《いた》いし、養護《ようご》の先生《せんせい》が、早引《はやび》けせえていわはったんや。」

いいながら、知《し》らず知《し》らず、ユキは目《め》をふせていた。

しかし、おじいちゃんは、心配《しんぱい》そうにいった。

「そういうたら、なんや、声《こえ》がへんやな。引《ひ》きとめてしもて、悪《わる》かったな。はよ、自分《じぶん》の部屋《へや》いって、養生《ようじょう》し。」

「うん。」

うなずいて、ユキは立《た》ちあがった。
そのときになって、ユキは、胸《むね》にかかえていたままの、まんが本《ぼん》に気《き》がついた。

# 5

ユキは、すとんと、床《ゆか》の上《うえ》にすわりなおした。

「なんや？」

おじいちゃんにきかれて、ユキは、おじいちゃんのほうに、まんが本《ぼん》をさしだしてみせた。

「貸《か》してもろたんや。」

「えらい古《ふる》い本《ほん》やな。」

「うん。おまけに、きたないねん。表紙《ひょうし》はやぶれてるし、なんや、さわってたら、手《て》がくそなりそうや。」

「わしみたいな本《ほん》やな。」

おじいちゃんはわらっていったが、ユキはあわてた。ほんとうは、貸《か》してあげようかというつもりだったのに、いえなくなった。

しかたなく、かばんをおろすと、ユキは、自分《じぶん》でページをくりはじめた。

ざらざらの紙《かみ》は、茶色《ちゃいろ》く変色《へんしょく》していた。それが、それでなくても暗《くら》い、黒《くろ》いべたぬりのめだつ紙面《しめん》を、ますます暗《くら》くしていた。

読《よ》むまえから、気《き》のめいるまんがだった。

――なんで、これがええのんやろ？

ユキは首《くび》をかしげた。

話《はなし》は、貸本屋《かしほんや》のおばあさんのいったとおりだった。

ある朝《あさ》、目《め》をさましたら、へんな虫《むし》――ベッドの上《うえ》で、身《み》をくねらせてうごく、手足《てあし》のない細長《ほそなが》い虫《むし》の絵《え》は、ユキには、巨大《きょだい》なイモムシにしか見《み》えなかった――になっていた男《おとこ》の子《こ》。

――こうなったからには、お葬式《そうしき》をだして、死《し》んだことにしよう。

なんでもないことのように、そう提案《ていあん》する父親《ちちおや》。あたりまえのように賛成《さんせい》する母親《ははおや》。わけもわからず準備《じゅんび》をする親戚《しんせき》たち。

そして、自分《じぶん》のお葬式《そうしき》を、部屋《へや》の窓《まど》から見《み》おろしている男《おとこ》の子《こ》――。

ユキは、だんだん、口《くち》の中《なか》がにがくなってきた。

読《よ》みかけのページに指《ゆび》をはさむと、本《ほん》をとじて、ユキは表紙《ひょうし》を見《み》た。

——このまんが、題《だい》は、なんていうんやろ？

しかし、いくらにらんでも、やぶれた表紙《ひょうし》からは、なにもわからない。

本《ほん》を返《かえ》すときに、おばあさんにきいてみようと、ユキは思《おも》った。

——わたし、好《す》きやわあ。

おばあさんは、そういっていた。だったら、題名《だいめい》くらい知《し》っているはずだ。

——そやけど、なんで、こんな話《はなし》が好《す》きなんやろ？

首《くび》をかしげながら、ユキは、読《よ》みかけのページにもどった。

そのとき、おじいちゃんがきいた。

「おもしろいか？」

ユキは、はっとして顔《かお》をあげた。おじいちゃんと目《め》があって、とたんに、ユキはどきりとした。

部屋《へや》の窓《まど》から、自分《じぶん》のお葬式《そうしき》を見《み》ている男《おとこ》の子《こ》と、部屋《へや》の中《なか》で、通《とお》りすぎていく足音《あしおと》に耳《みみ》をかたむけているおじいちゃんとが、ユキの中《なか》で突然《とつぜん》かさなって、ユキは、胸《むね》が苦《くる》しくなってきた。

ユキは、ぱっと立《た》ちあがった。

「どうかしたんか？」

おじいちゃんにきかれて、ユキはかぶりをふった。

「どうもしてへん。そやけど、つづきは、部屋《へや》で読《よ》むわ。」

そして、けげんな顔《かお》のおじいちゃんをのこして、ユキは、自分《じぶん》の部屋《へや》にかけこんだ。

机《つくえ》の上《うえ》に本《ほん》をなげだすと、ユキは、たたみの上《うえ》に、あおむけに、ごろんと寝《ね》ころがった。

天井《てんじょう》を見《み》ながら、ユキは、ふと思《おも》った。

もしも、このまま、ユキのからだが虫《むし》に変《か》わっていったら、虫《むし》になったときも、やっぱり、あおむけなのだろうか？　そうしたら、きっと、おきあがるのがたいへんだろう。

そして、おきあがろうとして、もぞもぞともがいている、虫《むし》になった自分《じぶん》を想像《そうぞう》して、ユキはおかしくなってきた。

ほんとうにそうなったら、おかしいどころではないはずなのに――。

でも、もしそうなったら、もう、学校《がっこう》にいかなくてもすむ。

「べつに、学校《がっこう》がきらいというわけやないけどね。」

ユキは、声《こえ》にだしてつぶやいた。

そして、いったい、だれにいいわけしているのだろうと、また、おかしくなってきた。

ヤセマジメ――。

だれが、最初《さいしょ》にいいだしたのだろう？　ひょっとしたら、政志《まさし》かもしれない。政志《まさし》には、人《ひと》をはやしたてて、おもしろがるようなところがある。

でも、今日《きょう》の政志《まさし》はやさしかった。

「そやから、調子《ちょうし》くるたんや。それで、こんなことになってしもた。」

またつぶやいて、ユキは、ごろりと、横《よこ》にからだのむきをかえた。すると、机《つくえ》の脚《あし》が、目《め》にとびこんできた。

その上《うえ》になげだした本《ほん》が、やっぱり気《き》になる。

そういえば、虫《むし》になった男《おとこ》の子《こ》は、あおむけではなかった。

男《おとこ》の子《こ》は、うつぶせに寝《ね》ていたのだろうか？　もしかしたら、まえの晩《ばん》、男《おとこ》の子《こ》は、泣《な》きながら眠《ねむ》ったのかもしれない。

あれこれ考《かんが》えているうちに、たまらなくなってきて、ユキはおきあがった。

そして、机《つくえ》の前《まえ》にすわると、本《ほん》のつづきをひらいた。

話《はなし》はおわりに近《ちか》づいていた。

お葬式《そうしき》のあとも、男《おとこ》の子《こ》は、虫《むし》のまま飼《か》われつづけるのだが、ある日《ひ》、母親《ははおや》が、大《おお》きなお皿《さら》に、山《やま》もりのキャベツのえさをもって部屋《へや》にはいると、男《おとこ》の子《こ》は、ひからびたようになって、ベッドの上《うえ》にころがっている。

――あら、死《し》んだわ。

母親《ははおや》は、さらりとそういうと、父親《ちちおや》とふたりで、夜中《よなか》に、男《おとこ》の子《こ》を川《かわ》にすてにいく。

そして――。

ページをめくって、ユキは目《め》をむいた。

あおむけに浮《う》いて、ぷかぷかと川《かわ》を流《なが》れていく、イモムシのような男《おとこ》の子《こ》の絵《え》――それが、右側《みぎがわ》のページの、最後《さいご》の絵《え》だった。そして、ページは、そこでおわっていた。

左側《ひだりがわ》のページは、ちぎれて、なくなっていたのだ。

このあと、話《はなし》はどうなるのだろう？

うつろに目《め》をあけて、ぷかぷかと川《かわ》を流《なが》れていく男《おとこ》の子《こ》が、はたして生《い》きているのか死《し》んでいるのか、そして、いつか人間《にんげん》にもどれるのか、それとも虫《むし》のままなのか、なにもかも、わからないままだ。

「こんなん、ひどいわ。」

ユキは、声《こえ》をあげてさけんだ。
そして、たたきつけるように本《ほん》をとじると、机《つくえ》のはしに、乱暴《らんぼう》におしやった。
「なにが、ただで貸《か》してあげるや。」
貸本屋《かしほんや》のおばあさんに、かつがれたようでくやしかった。
いらいらと、おちつかない気分《きぶん》のまま、ユキは、いすを引《ひ》いてすわりなおした。
息《いき》をととのえると、ユキは、気持《きも》ちをきりかえて、あしたの予習《よしゅう》にかかろうと思《おも》った。
そして、かばんを、おじいちゃんの部屋《へや》においてきたままなのを、思《おも》いだした。

# 6

おじいちゃんは、軽《かる》くいびきをかいて眠《ねむ》っていた。

足音《あしおと》をしのばせて、ユキは部屋《へや》にはいった。

かばんをもって、そっと部屋《へや》をでようとしたとき、突然《とつぜん》、おじいちゃんが声《こえ》をかけてきた。

「容子《ようこ》はんか?」

びっくりして、ユキはふりむいた。

おじいちゃんも、びっくりしたみたいだった。

「なんや、ユキか。どうしたんや?」

ユキはかぶりをふった。

「かばん、わすれてたん思《おも》いだして、とりにきただけや。」

それから、大《おお》いそぎでユキはいった。

「今日《きょう》は火曜日《かようび》やし、お母《かあ》さん、会社《かいしゃ》から、はよ帰《かえ》らせてもらう日《ひ》やから、もうすぐ帰《かえ》ってきはると思《おも》うわ。お兄《にい》ちゃんも、じき帰《かえ》ってきはるし。」

ユキのあわてたようすに、おじいちゃんは、合点《がてん》のいった顔《かお》になった。

おじいちゃんはいった。

「だいじょうぶや。心配《しんぱい》せんでも、嫁入《よめい》りまえのユキに、おしめ換《か》えてくれとはいわへん。わしかて、ユキに、大事《だいじ》なもん見《み》られるの、はずかしいさかいな。」

そのいいかたがおかしくて、ユキは、赤《あか》くなってわらった。

そして、ふと思《おも》いついて、きいてみた。

「おじいちゃん、すっかりひからびてしもたイモムシが、川《かわ》の上《うえ》を、ぷかぷか流《なが》れていくねん。」

「なんや、それ？」

おじいちゃんは顔《かお》をしかめた。

「さっき読《よ》んでた、まんがの話《はなし》や。」

「ああ、まんがかいな。」

ユキはうなずいた。

「男《おとこ》の子《こ》が、大《おお》きなイモムシみたいな、へんな虫《むし》になるねん。それが、しまいにうごかんようになって、川《かわ》にすてられてしまうねん。」

「死《し》んだんかいな？」

「それがわからへんのや。」

ユキは、じれったそうに頭《あたま》をふった。

「本《ほん》のページが、そこでやぶれてるんや。そこから先《さき》が、わからへんのや。」

「そら、なんぎやな。」

おじいちゃんののんきないいかたに、ユキは、ぷっと、ほおをふくらませた。

その顔《かお》のまま、ユキはきいた。

「そんなら、おじいちゃんは、どう思《おも》うの？　流《なが》れていった男《おとこ》の子《こ》は、そのあと、どうなったと思《おも》う？」

「そら、蝶々《ちょうちょう》になったんや。」

おじいちゃんは、間髪《かんはつ》いれずにこたえた。

「へっ？」

ユキはびっくりした。そして、たしかめるようにいった。

「そうかて、その虫《むし》は、ひからびてたんやで。ひからびて、うごかんようになって、それで、すてられたんやで。」

「そやけど、死《し》んでしもたわけではないのやろ？」

「うん。」

ユキは、あいまいにうなずいた。

「男《おとこ》の子《こ》の親《おや》は、死《し》んだと思《おも》てすてるんやけど、流《なが》れていくとき、その子《こ》は目《め》をあけてるねん。あおむけに、空見《そらみ》てるねん。そやけど、目《め》ぇあいたまま、死《し》んでるいうこともあるやろ？」

しかし、おじいちゃんはいった。

「そら、死《し》んだんとちがう。サナギになったんや。イモムシは、サナギになって、蝶々《ちょうちょう》になる。そして、とんでいきよる。ぬれた羽《はね》をふるわせてな。」

おじいちゃんは、とんでいる蝶々《ちょうちょう》が、ほんとうに見《み》えているみたいな、遠《とお》い目《め》になった。

その目《め》のまま、おじいちゃんはいった。

「たいして大《おお》きいこともない羽《はね》を、いっぱいにひろげてな、鱗粉《りんぷん》まきちらして、蝶々《ちょうちょう》は、とんでいってしまいよるねん。」

その蝶々《ちょうちょう》は、さえ子《こ》おばさんなのだろうかと、ユキは思《おも》った。それとも、それは、ユキのことだろうか？

ふと、おじいちゃんの目《め》が、たよりなく宙《ちゅう》をおよいだ。

おじいちゃんは、つぶやいた。

「そやけど、蝶々《ちょうちょう》かて、いつまでもとんでられんわなあ。」

蝶々《ちょうちょう》はおじいちゃんだと、そのとき、ユキは思《おも》った。

ふいに、胸《むね》がつまった。

大《おお》きく息《いき》をはいて、ユキはきいた。

「若《わか》いとき、おじいちゃん、お芝居《しばい》してたんやろ？　どんな役者《やくしゃ》さんやったん？」

一瞬《いっしゅん》、おじいちゃんは、とまどった顔《かお》になった。それから、おじいちゃんはうなずいた。

「ええ役者《やくしゃ》やったで。男前《おとこまえ》の、ええ役者《やくしゃ》やった。」

そういうと、おじいちゃんは、にっと、歯《は》を見《み》せてわらった。

男前《おとこまえ》の、笑顔《えがお》だった。

# 7

いい気持《きも》ちで、ユキは部屋《へや》にもどった。

ユキは、かばんをいすの上《うえ》におくと、机《つくえ》の前《まえ》に立《た》った。

机《つくえ》の上《うえ》に、ななめにほうりだされたままの、表紙《ひょうし》のやぶれたまんが本《ぼん》に、ユキは、そっと手《て》をのばした。

——男《おとこ》の子《こ》は、そのあと、どうなったと思《おも》う？

——そら、蝶々《ちょうちょう》になったんや。

おじいちゃんのことばが、ユキの胸《むね》に、心地《ここち》よくしみわたっていく。

男《おとこ》の子《こ》は、きれいな蝶々《ちょうちょう》になって、空《そら》にむかってとんでいった。川《かわ》を流《なが》れながら、あおむけにながめていた、空《そら》にむかって——。

それなら、もう人間《にんげん》にもどれなくてもいいかもしれないと、ユキは思《おも》った。

でも、ほんとうは、どうだったのだろう？

ちぎれたページが、ユキの頭《あたま》をかすめた。

あのページには、ほんとうは、なにがかかれていたのだろう?

——貸本屋《かしほんや》の、あのおばあさんにきいたら、わかるやろか?

本《ほん》を返《かえ》すとき、題名《だいめい》といっしょにきいてみようと、ユキは思《おも》った。

そして、本《ほん》を引《ひ》きよせて、ユキは、はっと気《き》がついた。

あのおばあさんは、この本《ほん》は、表紙《ひょうし》がやぶれているだけだといって、ユキに本《ほん》を貸《か》してくれたのだ。最後《さいご》のページがやぶれていることなんて、なにもいってなかった。

おばあさんは、知《し》らないのだ。

そう思《おも》ったとたん、ユキの頭《あたま》に最初《さいしょ》にうかんだのは、ユキがやぶったと思《おも》われたら、どうしようかということだった。

いいわけのことばが、いちどきに頭《あたま》の中《なか》をかけめぐった。まるで、ほんとうに自分《じぶん》がやぶったみたいに、ユキは、どきどきしてきた。

なにもいわずに、だまって返《かえ》してしまえばいいのだと、ユキは思《おも》った。

でも、見《み》つかって、よびとめられたらどうしよう?

——もしも、なんかいわれたら、弁償《べんしょう》するていうてやる。

強気《つよき》になって、そうも思《おも》った。どうせ、こんな古《ふる》い本《ほん》、たいした値段《ねだん》じゃないだろう。

しかし、すぐにまた、ユキは不安《ふあん》になってきた。

そんなことをいったら、ユキがやぶったと、そういっているようなものだ。

――わたし、なんにもしてへんのに。

ユキは、泣《な》きたくなってきた。

どうして、こんな本《ほん》、借《か》りてしまったのだろう?

いっそ、すててしまおうかとも思《おも》った。あのおばあさんは、ユキの、名《な》まえも、学校《がっこう》もきかなかった。それに、ユキが、学校《がっこう》を、裏門《うらもん》からでることは、もうないだろう。

おばあさんとは、二度《にど》と会《あ》わない。

すててしまっても、だれにもわからない。

だが、ユキはかぶりをふった。

そんなことをしたら、うしろめたさで、ユキはつぶれてしまう。

それに、あのおばあさんは、この本《ほん》が好《す》きだといっていた。そして、いまは、ユキもこの本《ほん》が好《す》きだ。

とうとう、ユキは、考《かんが》えるのをあきらめた。そして、机《つくえ》の引《ひ》きだしの、いちばんおくに、本《ほん》をつっこんだ。

もうすこしして、気持《きも》ちがおちついたら返《かえ》しにいこうと、ユキは思《おも》った。ちゃんと、事《じ》情《じょう》を説明《せつめい》して、返《かえ》すのだ。

——いつ返《かえ》せとも、あのおばあさん、いうてはらへんかったもん。

自分《じぶん》にいいわけするように、ユキは、胸《むね》の中《なか》でつぶやいた。

# 8

翌年《よくねん》の春《はる》、おじいちゃんはなくなった。

最後《さいご》の二か月《げつ》を、おじいちゃんは、病院《びょういん》ですごした。

家《いえ》に帰《かえ》りたいとは、一度《いちど》もいわなかった。付《つ》き添《そ》いの、お母《かあ》さんやさえ子《こ》おばさんの、仕事《しごと》のことばかりを気《き》にしていた。

そして、入院《にゅういん》するとき、病院《びょういん》の門《もん》のそばに、大《おお》きな桜《さくら》の木《き》があるのを見《み》て、あれが満《まん》開《かい》になるのを見《み》たいものだと、そればかりいっていた。

おじいちゃんの遺体《いたい》は、満開《まんかい》の桜《さくら》の木《き》の下《した》を通《とお》って、家《いえ》まではこばれた。

お葬式《そうしき》のとき、いちばん泣《な》いたのは、お母《かあ》さんだった。お母《かあ》さんは、自分《じぶん》のわがままで、おじいちゃんをじゅうぶんに世話《せわ》できなかったことを、あつまった親戚《しんせき》の人《ひと》たちにあやまりながら、泣《な》いた。

けれど、火葬場《かそうば》から帰《かえ》る車《くるま》の中《なか》で、桜《さくら》のトンネルの下《した》を走《はし》りぬけながら、お母《かあ》さんはつぶやいた。

「今年《ことし》の桜《さくら》は、ほんまにきれいやなあ。こんなきれいな桜《さくら》、はじめて見《み》たわ。」

✿

ユキが、ほんやら堂《どう》をたずねたのは、それからしばらくしてだった。

入学《にゅうがく》したばかりの、中学校《ちゅうがっこう》の帰《かえ》り道《みち》で、ユキは、紺色《こんいろ》の制服《せいふく》を着《き》ていた。

御《ご》ノ瀬川《せがわ》の橋《はし》に立《た》って、坂《さか》の上《うえ》に、小学校《しょうがっこう》の裏門《うらもん》を見《み》たとき、まだ、卒業《そつぎょう》してからいくらもたっていないのに、ユキの胸《むね》は、なつかしさでいっぱいになった。

だが、そこに、ほんやら堂《どう》はなかった。

家《いえ》はあった。半分川《はんぶんかわ》にせりだして、くずれかかった小《ちい》さな平屋《ひらや》。

――川端《かわばた》・ほんやら堂《どう》
でも、そのかんばんは、掛《か》け金《がね》のひとつがおちて、ななめになっていた。

そして、家《いえ》には有刺鉄線《ゆうしてっせん》がまかれて、人《ひと》がはいれないようになっていた。

――おばあさん、いいひんようになってしまわはったんや。

まえにきたときから、まだ半年《はんとし》しかたっていないのに、まるで十年《ねん》もたってしまったような変《か》わりように、ユキは、その場《ば》にしゃがみこんでしまった。

ユキは、かばんの中《なか》から、表紙《ひょうし》のやぶれたまんが本《ぼん》をとりだした。

題名《だいめい》も、ほんとうの結末《けつまつ》も、永遠《えいえん》にわからないままになってしまった。

それでも、ユキは、本《ほん》を返《かえ》したかった。

この本《ほん》を好《す》きだといったおばあさんのことばが、耳《みみ》によみがえってくる。

ぐずぐずと、今日《きょう》まできてしまったことが、くやまれてならなかった。

ユキは、本《ほん》を胸《むね》にだいて、立《た》ちあがった。そして、家《いえ》の裏《うら》にまわって、ぎりぎり、川《かわ》のふちに立《た》った。

両岸《りょうぎし》の桜《さくら》の木《き》から、花《はな》びらが、川《かわ》にふりつもっていた。

水《みず》のよごれたよどんだ川《かわ》は、花《はな》びらのじゅうたんに、すっかりおおわれていた。

とても、きれいだった。

そのとき、後《うし》ろから、男《おとこ》の人《ひと》の声《こえ》がした。

「あんた、あんまり、川《かわ》に身《み》をのりだしとったら、あぶないで。」

「はい。」

返事《へんじ》をして、ふりかえろうとしたひょうしに、本《ほん》が手《て》からすべりおちた。

「あっ。」

声《こえ》をあげて、ユキは川《かわ》をのぞきこんだ。

そのとき、本《ほん》があたって左右《さゆう》にわれた、花《はな》びらのじゅうたんのすきまから、蝶々《ちょうちょう》がとびたったのを、ユキは見《み》た。

ありふれた、小《ちい》さなモンシロチョウだった。

それでも、蝶々《ちょうちょう》は、羽《はね》をいっぱいにひろげて、見《み》あげるユキの目《め》の前《まえ》を、空《そら》にむかってとんでいった。

## 解説 不思議《ふしぎ》がる気持ち

神戸《こうべ》大学准教授《だいがくじゅんきょうじゅ》　目黒《めぐろ》　強《つよし》

ここでは、この本で出合った不思議について話したいと思います。

まずは、「リズム、テンポ、そしてメロディ」ですが、夢《ゆめ》の不思議を考えずにはいられませんでした。この作品では、ヒロという中学三年生の女の子がアラビアンナイトさながらの世界で、あるものを探《さが》している夢をみるのですが、最後《さいご》の一つについては何を探したらよいのかすら見当もつかずにいます。

不思議なのは、自分のことなのに、何を探せばよいのか知らないばかりか、目を背《そむ》けていた現実《げんじつ》にわざわざ向き合うことになるという点です。自分の夢なんだから、何でも知っていたり、見たい現実だけを見たりしてもよさそうなのに、そうはならないところに夢の秘密《ひみつ》がかくされているのかも知れません。

荻原《おぎわら》さんは、第二十二回日本児童文学者協会新人賞《にほんじどうぶんがくしゃきょうかいしんじんしょう》を受賞した『空色勾玉《そらいろまがたま》』（福武書店《ふくたけしょてん》、一九八八年）から始まる勾玉シリーズを手がける一方で、ヒロを主人公としたシリーズを発表してきました。第四十一回産経児童出版文化賞《さんけいじどうしゅっぱんぶんかしょう》を受賞した『これは王国のかぎ』（理論社《りろんしゃ》、一九九三年）では中学生のヒロの内面世界をファンタジーとしてものがたり、『樹上《じゅじょう》のゆりかご』（理論社、二〇〇二年）では高校生になったヒロの学園生活をサスペンスタッチで描《えが》いています。それぞれの物語が奏《かな》でるリズム・テンポ・メロディが味わい深いシリーズです。

　次に、『でんぐりん』（あかね書房《しょぼう》、一九九二年）ですが、第二十六回日本児童文学者協会新人賞《にほんじどうぶんがくしゃきょうかいしんじんしょう》、第二十二回児童文芸新人賞《じどうぶんげいしんじんしょう》を受賞した作品らしく、どきっとさせられる物語でした。

　あいりという幼《おさな》い女の子が夜中に目を覚《さ》まします。なんだかさびしくなって、お父さんの布団《ふとん》にもぐりこむと、お父さんのお腹《なか》から「たぷたぷ　とぷん」と海の音が聞こえてきました。そこで、海のお話をせがんだところ、お父さんはクラゲのお話を聞かせてくれます。世界をまるごと取りこむ、とんでもないクラゲのお話です。

　突然《とつぜん》ですが、「胡蝶《こちょう》の夢《ゆめ》」という故事《こじ》を知っていますか？　中国の荘周《そうしゅう》という人がチョウになった夢を見て、次のような疑問《ぎもん》を持ちます。目が覚めたと思っている自分のほうが、チョウが見ている夢なのではないかと。自分が認識《にんしき》している世界が現実《げんじつ》と夢のどちらであるのかについては、当事者には判断《はんだん》できないからです。

　実のところ、この作品は「とうさんの中の　うみで、あいりは、たぷたぷとぷん、と、やさしい　クラゲだった」という一文で終わっています。お父さんのお話に満足《まんぞく》して眠《ねむ》りについたあいりが夢を見ているのです。

　それでは、お話を聞いていた人間のあいりは、お父さんの中のあいりクラゲが見た夢だったのでしょうか？　でんぐり返しのように、現実と夢が反転して、めまいがしそうです。

　つづいて、『ルチアさん』（フレーベル館《かん》、二〇〇三年）ですが、不思議《ふしぎ》なお手伝《てつだ》いさんが登場します。

ある日のこと、たそがれ屋敷《やしき》にルチアさんというお手伝《てつだ》いさんがやって来るのですが、屋敷で暮《く》らすスゥとルゥルゥの姉妹はびっくりしてしまいます。二人の宝物《たからもの》の宝石《ほうせき》そっくりに、ルチアさんが水色に光って見えたからです。しかも、ルチアさんが光っていることに気がついているのは二人だけ。ルチアさんのことが気になってしかたがない姉妹は、彼女《かのじょ》を追って屋敷の外へ初《はじ》めて出かけることになります。

「たそがれ屋敷」というネーミングからして、不思議《ふしぎ》なことが起こりそうな予感がします。「たそがれ」は「誰《た》そ彼《かれ》」、すなわち「うす暗くて、あの人、誰《だれ》だか、わからないや」という意味で使われ、そんな時間帯《じかんたい》には妖怪《ようかい》が現《あらわ》れると考えられていました。このような名前のお屋敷に不思議なお手伝いさんがやって来たのですから、何も起こらないはずがありません。

さて、姉妹にだけルチアさんが光って見えたのは、二人が不思議を不思議がることができる子どもだったからでした。同じものごとでも、見る人やその人の立場が変《か》われば見え方は異《こと》なるものです。不思議は不思議を見ようとする人の前にのみ、その姿《すがた》を現すのかも知れません。この作品が気に入った方は、第三十六回赤い鳥文学賞《ぶんがくしょう》などを受賞した『わたしたちの帽子《ぼうし》』（フレーベル館《かん》、二〇〇五年）がおすすめ。古いビルをめぐる不思議がミステリアスな作品です。

「雪の林」では、語り手の「わたし」の存在《そんざい》が気になりました。ちなみに、この作品が収録《しゅうろく》された『雪の林』（ポプラ社、二〇〇四年）で、やえがしさんは第十五回椋鳩十児童文学賞《むくはとじゅうじどうぶんがくしょう》、第二十三回新美南吉児童文学賞《にいみなんきちじどうぶんがくしょう》を受賞しています。

表題作は、沼《ぬま》の底《そこ》に暮らすおばあさんの娘《むすめ》に求婚《きゅうこん》した気《き》の毒《どく》なカワセミのお話。願《ねが》いごとを聞き入れてくれたら結婚《けっこん》してもよいと言われたカワセミは必死《ひっし》に願い事をかなえるのですが、そのたびごとにちがうことを要求《ようきゅう》されます。実は、おばあさんの娘《むすめ》は四姉妹《しまい》で、四季《しき》のめぐりにあわせて地上に姿《すがた》を現《あらわ》していました。見た目もそっくりなため、カワセミは四姉妹全員に求婚《きゅうこん》してしまったのでした。神話のような世界観《せかいかん》が魅力的《みりょくてき》な物語です。

このお話は、おしゃべりなユキドリから語り手の「わたし」が聞いたものなのですが、この人は何者なのでしょうか？　もしかしたら、グリム兄弟のように、ユキドリみたいな語《かた》り部《べ》からお話を採集《さいしゅう》している人なのかも。ユキドリからお話を聞き終わったあとも、林の中を歩きまわっているのは、次の語り部のもとに向かっているからなのかも知れません。

最後《さいご》に、『蝶々《ちょうちょう》、とんだ』（講談社《こうだんしゃ》、一九九九年）ですが、不思議《ふしぎ》な本が登場します。河原《かわはら》さんは、この作品で第三十三回日本児童文学者協会新人賞《にほんじどうぶんがくしゃきょうかいしんじんしょう》、第二十九回児童文芸新人賞《じどうぶんげいしんじんしょう》を受賞しました。

小学六年生のユキという女の子が、運動会の練習を休んでしまったことを気にして早退《そうたい》します。その帰り道で出会った貸本屋《かしほんや》のおばあさんから、虫になってしまった男の子を描《えが》いたマンガ本を貸してもらうのですが、表紙はやぶれ、最後のページは欠《か》けていました。

嘘《うそ》をついてまで早退するなんて、まじめなユキにはめずらしいことでした。ましてや、学校の裏門《うらもん》から帰るなんて、この日にしかできなかったことだと思います。こんなふうに、いつもとちがった行動をとったからこそ、ユキは貸本屋さんに出会えたのでした。

さて、貸してもらったマンガ本のストーリーの続《つづ》きですが、息子《むすこ》が虫になったことを知った両親は、動かなくなった虫（息子）を川に捨《す》ててしまうのです。あまりの展開《てんかい》に、ユキは途方《とほう》に暮《く》れてしまいます。しかも、ページが破《やぶ》けていて結末《けつまつ》がわからないため、気持ちが落ち着きません。

そんなユキのために、おじいちゃんがしてくれたのは、結末を想像《そうぞう》＝創造《そうぞう》することでした。孫娘《まごむすめ》のことを思いやりながら、男の子のその後の物語を紡《つむ》ぎ出してみせたのです。

人生は完結《かんけつ》していない本にたとえられることがあります。人生のタイトルなんて、それこそ死ぬ直前にしかつけられません。タイトルも結末《けつまつ》もわからないことは何ら不思議《ふしぎ》ではないのです。ユキはおじいちゃんから、人生の物語はみずから紡ぎ出すものであるということを教えてもらったのだと思います。

これまでお話ししたのは、あくまで私《わたし》が不思議に思ったことにすぎません。不思議がる気持ちさえ忘《わす》れなければ、きっと不思議に出合えるはず。みなさんがたくさんの不思議に出合えることを願《ねが》ってやみません。

**荻原規子**《おぎわら・のりこ》

一九五九年、東京都に生まれる。一九八九年『空色勾玉』（福武書店）で第二十二回日本児童文学者協会新人賞、一九九四年『これは王国のかぎ』（角川書店）で第四十一回産経児童出版文化賞、一九九七年『薄紅天女』（徳間書店）で第二十七回赤い鳥文学賞受賞。作品に『白鳥異伝』（徳間書店）、『西の善き魔女』『RDG レッドデータガール』（ともに角川書店）などがある。東京都在住。

**正道かほる**《しょうどう・かほる》

一九五〇年、新潟県に生まれる。一九八八年「金魚」で《小さな童話》大賞（山下明生賞）、一九九一年「でんぐりん」で同賞（落合恵子賞）受賞。一九九三年、加筆した『でんぐりん』で第二十六回日本児童文学者協会新人賞、第二十二回児童文芸新人賞受賞。作品に『チカちゃん』（童心社）、『へへへのへいき』（ひさかたチャイルド）、『宇宙くん、はしる』（そうえん社）、『おねしょのせんせい』（フレーベル館）などがある。新潟県在住。

**高楼方子**《たかどの・ほうこ》

一九五五年、北海道に生まれる。一九九六年『いたずらおばあさん』（フレーベル館）、『へんてこもりにいこうよ』（偕成社）で第十八回路傍の石幼少年文学賞、二〇〇〇年『十一月の扉』（リブリオ出版）で第四十七回産経児童出版文化賞、二〇〇六年『わたしたちの帽子』（フレーベル館）で第三十六回赤い鳥文学賞、第五十五回小学館児童出版文化賞、『おともだちにナリマ小』（フレーベル館）で第五十三回産経児童出版文化賞受賞。北海道在住。

**やえがしなおこ**

一九六五年、大阪府に生まれる。二〇〇五年『雪の林』（ポプラ社）で第十五回椋鳩十児童文学賞、第二十三回新見南吉児童文学賞受賞。作品に『なぞなぞうさぎのふしぎなとびら』（岩崎書店）、『ならの木のみた夢』（アリス館）、『ペチカはぼうぼう猫はまんまる』（ポプラ社）、『にしきのなかの馬』（童心社）などがある。岩手県在住。

**河原潤子**《かわはら・じゅんこ》

一九五八年、京都府に生まれる。二〇〇〇年『蝶々、とんだ』（講談社）で第三十三回日本児童文学者協会新人賞、第二十九回児童文芸新人賞受賞。作品に『チロと秘密の男の子』『図書館のルパン』『花ざかりの家の魔女』（以上、あかね書房）、『ひきだしの魔神』（文研出版）などがある。京都府在住。

日本児童文学者協会創立七十周年記念出版

# 「児童文学　10の冒険」刊行に寄せて

児童文学というジャンルは、大人の作者が子どもの読者に向けて語る、というところに特徴があります。そのため、時に押しつけがましく語り過ぎたり、時に大人の側の独りよがりになってしまったりするようなことも、なしとはしません。ただ、そこに児童文学を書くことの難しさやおもしろさもあり、わたしたちは読者である子どもたちと、そして自身の中にある「子ども」とも心の中で対話しながら、さまざまな作品を書き続けてきました。

このシリーズは、児童文学の作家団体である日本児童文学者協会が創立七十周年を迎えたことを記念して企画されました。先に創立五十周年記念出版として刊行された「『心』の子ども文学館」（全二十四巻、日本図書センター刊）に続くものです。協会が創立されたのは太平洋戦争敗戦後まもない一九四六年のことで、その時代とはもとより、『心』の子ども文学館」が刊行された二十年前に比べても、大人と子どもとの関係は大きな変化を見せ、児童文学もさまざまに変貌しています。

主に一九九〇年代以降の、日本児童文学者協会の文学賞（協会賞・新人賞）の受賞作品や受賞作家の作品、そして同時代の他の文学賞の受賞作家の作品、長編と短編を組み合わせて一巻ずつを構成したこのシリーズを、わたしたちは、「児童文学　10の冒険」と名づけました。「希望」が語られにくい今の時代の中で、大人と子どもがどのようにことばを通い合わせていくことができるのか。それはまさに「冒険」の名に値する仕事だと感じているからです。

今子ども時代を生きている読者はもちろん、かつて子どもであった人たちも、本シリーズに収録された作品たちを手掛かりに、それぞれの冒険の旅に足を踏み出せるよう願っています。

日本児童文学者協会「児童文学　10の冒険」編集委員会

## 出典一覧

荻原規子『〈勾玉〉の世界　荻原規子読本』（徳間書店）
正道かほる『でんぐりん』（あかね書房）
高楼方子『ルチアさん』（フレーベル館）
やえがしなおこ『雪の林』（ポプラ社）
河原潤子『蝶々、とんだ』（講談社）

「児童文学　10の冒険」編集委員会
津久井　惠・藤田のぼる・宮川健郎・偕成社編集部
装　画……牧野千穂
造　本……矢野のり子（島津デザイン事務所）

児童文学 10の冒険

# 不思議に会いたい

発行 二〇一八年三月 初版一刷

編者 日本児童文学者協会
発行者 今村正樹
発行所 株式会社偕成社
〒一六二－八四五〇 東京都新宿区市谷砂土原町三－五
電話〇三－三二六〇－三二二一（販売部）
〇三－三二六〇－三二二九（編集部）
http://www.kaiseisha.co.jp/

印刷 三美印刷株式会社
製本 株式会社常川製本

NDC913 230p. 22cm ISBN978-4-03-539740-3

乱丁本・落丁本はおとりかえいたします。
本のご注文は電話・ファックスまたはEメールでお受けしています。
電話〇三－三二六〇－三二二一 ファックス〇三－三二六〇－三二二二
e-mail : sales@kaiseisha.co.jp

むかしもいまもおもしろい

# 古典から生まれた新しい物語 全5巻

日本児童文学者協会・編

〈恋の話〉迷宮《めいきゅう》の王子 スカイエマ・絵

〈冒険の話〉墓場《はかば》の目撃者《もくげきしゃ》 黒須高嶺・絵

〈おもしろい話〉耳あり呆一《ほういち》 山本重也・絵

〈こわい話〉第三の子ども 浅賀行雄・絵

〈ふしぎな話〉迷《まよ》い家《が》 平尾直子・絵

©浅賀行雄

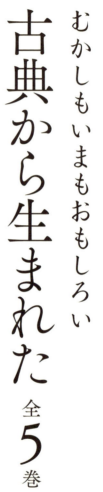